新疆纪行

（吉尔吉斯斯坦）艾达尔别克·萨尔曼别托夫 著

五洲传播出版社
China Intercontinental Press

图书在版编目（CIP）数据

新疆纪行 / （吉）萨尔曼别托夫著；阿依肯·吐尔逊，吴玉全译 . -- 北京 : 五洲传播出版社 , 2019.4

ISBN 978-7-5085-3302-5

Ⅰ . ①新… Ⅱ . ①萨… ②阿… ③吴… Ⅲ . ①游记－吉尔吉斯－近代 Ⅳ . ① I364.64

中国版本图书馆 CIP 数据核字 (2016) 第 002525 号

新疆纪行

著　　者：	（吉）艾达尔别克·萨尔曼别托夫
译　　者：	阿依肯·吐尔逊　吴玉全
插　　图：	努尔地·赛丽　奥穆尔阿力奥·托依奇耶夫
策　　划：	黄 静
责任编辑：	黄金敏　李 靥　朱莉莉
设计制作：	丰饶视觉
出版发行：	五洲传播出版社
社　　址：	北京市海淀区北三环中路 31 号生产力大楼 B 座 6 层
邮　　编：	100088
网　　址：	http://www.cicc.org.cn
电　　话：	0086-10-82007837 （发行部）
印　　刷：	北京市房山腾龙印刷厂
开　　本：	710 毫米 ×1000 毫米　1/16
印　　张：	12.125
印　　数：	1-3000 册
字　　数：	86 千字
版　　次：	2019 年 4 月第 1 版第 1 次印刷
定　　价：	48 元

序 曲

　　孩提时代，我就对我们的古老邻国和她的人民兴趣浓厚。相传，中国人很厉害，不用一颗钉铆，就可盖起一座高楼；因为土地贫瘠，他们在屋顶上种植庄稼，收获果实；他们从早到晚双脚泡在水里，种稻子……类似的传说充斥着我们好奇的童年。

　　长到十四五岁，对文学、语言以及外国名人生活颇感兴趣的我，对所能够得到的翻译成吉尔吉斯语的中国作家作品，尤其是长篇小说，爱不释手，疯狂阅读。后来，我长成一个小伙子，完全进入了文学世界。在各个出版社工作期间，我如饥似渴地阅读孔子、老子的思想和训诫，阅读寒山、关汉卿、文天祥，还有老舍等中国作家的作品。就是到了60岁的现在，我仍然在寻找他们的翻译作品。拥有悠久历史的邻国还有很多著名作家、学者是我们的同胞，像晚年在喀什噶尔生活的玉素甫·巴拉萨衮①、马赫穆德·喀什噶里等。

　　中国有人类智慧与浩瀚宇宙紧密相连的民族的纯净心灵，有经历数个王朝修建、震惊世界的伟大的长城，有至今保存良好的民族风俗习惯。今天，经过短短几十年突飞猛进的社会发展和经济高速增长，她一跃而成长为世界上对少数民族高度重视的、经济发达的领先国家，让世人震惊！我一直梦想能有机会去亲眼看看。没想到，我的这一梦想竟能意外地成为现实！

　　2013年3月，冬天的寒气还没有完全消散。到吉尔吉斯斯坦已经有一周的《新疆柯尔克孜文学》副主编、诗人加安巴依打电话来，邀请我到售卖中国服装、布料及各种生活

---

① 即《福乐智慧》作者玉素甫·哈斯·哈吉甫。

用品的马迪纳市场共进午餐。加安巴依是一位年过半百、红脸膛、中等个头的创作"骑士"，我们是前不久他来我们《新阿拉套》杂志办公室的时候相识的。虽然正是忙得焦头烂额的时候，但我无法拒绝远道而来的我的同胞的盛情邀请。席间，认识了一位白净的精干女子，她叫阿依肯，说是来自中国新疆克孜勒苏柯尔克孜自治州，毕业于上海交通大学。毕业后在克州做外贸工作，20年前和丈夫、孩子移居比什凯克，在这里生活、工作。

快吃完饭的时候，阿依肯客气地问道："我在寻找一个好作家。有一个介绍新疆少数民族生活、风俗习惯的项目，愿不愿意和我们合作？需要先到新疆去，然后将所见所闻写出来。"

"可以合作"。我虽然这么回答她，但是并不相信，这件事情会变成事实。

两天以后，阿依肯电话打过来，说需要就项目合作见个面。我一时没有反应过来，我早已把我们的谈话忘到脑后了。我告诉她我出不去，希望她能到出版社来找我。不到一个小时，阿依肯已经站在我面前。她开门见山地开始了：就项目签订三方面合同，去新疆参观大概一个月，一起花半年的时间写下在那边的所见所闻，写好之后，她把书翻译成汉语，先在北京出版，然后以吉尔吉斯文在吉尔吉斯出版，以及书该在吉尔吉斯的哪个出版社出版。她谈到出书的双方责任、合作条件，希望了解我是否感兴趣，以及我还会有怎么样的兴趣。一直以来我求之不得的梦想就要实现了。我几乎是呆在那里，不知该信还是不该信。只是7月份单位才允许我休假，我只能在那段时间去中国。阿依肯坐在比什凯克我办公室的椅子上，开始给她的北京朋友打电话。这又让我惊讶！就这么简单地和几千公里以外的北京人交流并解决问题，能不让我吃惊吗？

阿依肯没有让我等太久。三天以后，她又打电话过来，说 7 月份是旅游季节，会给接待工作带来很多不便，当然也会影响我们的工作效果。我明白，如果我同意 5 月份去，我们到中国的项目就有可能实现。我告诉对方，我需要跟我工作的单位《新阿拉套》杂志社领导请假，如果领导准假，我就可以去。

下午阿依肯又给我打电话问结果。这之前我已经把情况反映给我们的总编特列克·穆拉塔利耶夫，他欣然同意。阿依肯第二天快中午的时候赶到我办公室，告诉我已经得到邀请函，并要我做好出发前的准备。一个漫长旅程的决定，能够在这么短的时间里通过首都北京来实现，是我没想到的。这个近 14 亿人口的世界大国，对山地小国的一个吉尔吉斯小作家给予高度重视，认真对待所有的细小问题，怎能不让人惊讶！

又过了一周，阿依肯给我打来了电话，告诉我机票已经订好，而且已经把电子票发到我的邮箱。直到第二天到了比什凯克玛纳斯国际机场，拿着手中的票过了安检，我才知道这梦幻般的一切确实是真的。

这时候，我又开始担心我的远征了。会顺利，还是会很平淡？中国新疆的各民族，尤其是柯尔克孜族人民的生活怎么样？文化、语言、风俗习惯怎么样？我写的书会不会受邻国读者的欢迎？诸如此类纷乱的思绪困扰着我。但是，我是骄傲的"玛纳斯"的后代，有这么多年的写作经验，肯定能不负众望！这样的想法让我坚定了信心，鼓足了勇气，开始考虑怎么根据协议，写出一本让两国人民都喜爱的好书。于是，写作方式、框架、语言等等种种构思油然而生。

　　焦虑中，终于等来了明亮的 5 月 5 日的清晨，我和阿依肯来到玛纳斯国际机场，开始了我们前往乌鲁木齐的旅程。

在乌鲁木齐

第一天，令人难忘的印象

5 月 5 日黎明。环抱着首都比什凯克东方和南方的雪山辉映着唤醒大地的晨曦。

出发前，对要前往的新疆维吾尔自治区，我通过网络、地理书籍等略作了一些了解。"新疆是中国五大少数民族自治区之一，位于亚欧大陆中心，面积为 163.1585 万平方公里，占中国领土的 1/6。新疆沿 5600 公里长的边境线和 8 个周边国家接壤。2011 年新疆人口为 2181.3334 万人，共有 47 个民族，大部分（61%）为少数民族……柯尔克孜族主要分布在克孜勒苏柯尔克孜自治州，另外伊犁哈萨克自治州特克斯县的阔库铁列克乡、昭苏县的夏特乡有部分柯尔克孜族，塔城地区也有柯尔克孜族，除此，阿克苏地区有博孜墩和雅满苏两个柯尔克孜族自治乡。"

我感兴趣的是在这样一个多民族地区，他们的宗教又是一个怎样的状况。这时我读到："新疆地区古代盛行萨满教。大约公元前 1 世纪通过克什米尔传来印度的佛教。大约公元 5 世纪传来汉族的道教。约公元 6 世纪，从波斯经中亚传来摩尼教；同一时期，传来了景教。9 世纪末、10 世纪初，传来了伊斯兰教。10 世纪中叶，伊斯兰教传入新疆。至 14 世纪中叶，察合台汗（成吉思汗次子）用武力推行伊斯兰教成为蒙古、维吾尔、哈萨克、柯尔克孜等民族的主要信仰。16 世纪伊斯兰教彻底代替佛教，成为新疆地区的主要宗教。其他宗教虽然大多销声匿迹，但是佛教和道教没有完全消失，相反，明朝之后，西藏的藏传佛教广为流行。大约在 18 世纪，天主教流入新疆。目前，伊斯兰教、佛教（包括藏传佛教）、基督教（天主教）、道教是这一地区主要的宗教流派。"

我还想了解，席卷西方尤其是美国的世界金融危机对新疆有怎样的影响？他们又是如何渡过难关的？

"据有关报道，'西部大开发'顺利实施……尽管近年来的金融危机也危及新疆，但新疆已经踏上稳步发展的道路。2011年进出口贸易总额为228.22亿美元，比上一年增长33.2％。近80％的新疆对外贸易是对中亚及俄罗斯的贸易，主要是对哈萨克斯坦的贸易，对吉尔吉斯的贸易也占有一定的比例。"这样的数据让我心宽。都是些很难记的陌生数据，即使这样，我仍努力反复阅读，以便给自己的大脑留下一些印象。

我坐着小儿子的克莱斯勒车，转眼已经到了玛纳斯机场，见到了项目负责人阿依肯和她清瘦靓丽的15岁女儿。我们旅程的开头会是怎么样的？我又开始担心起来。

一进候机厅，便看见一位戴白毡帽的60岁左右的柯尔克孜族人。看他寂寞地坐在那里，我们上前跟他搭起腔来。这人叫艾尔肯·巴依德穆巴依，正好是我们要去的新疆乌恰县人。他的一个儿子在我们奥什国立大学上学，他到吉尔吉斯是为了了解儿子的情况，同时自己也看看医生，这会儿正要往回赶。我边和他聊天，边了解中国的柯尔克孜族有哪些著名作家、历史学家，在哪里能找到会说散吉拉（部落族源史）和神话（传说）的民间艺人。他热心地回答了我，也向我提了一些有趣的问题，对我们此行的目的很看好。再详细探问，发现他还是阿依肯的婆家亲戚。说实在的，柯尔克孜真是巴掌大的民族，俗话说得好，"柯尔克孜族人追问下来，结果都会成为舅舅外甥，或者叔叔侄儿。"

大概9点钟，我们登上飞往中国的班机。愿我与真主同在！我越发紧张。虽说我飞过好几个国家，哈萨克斯坦、俄罗斯、巴基斯坦、土耳其，可每次登上飞机的时候，难免惶恐，人人都会这样吧。

飞机启动的声音越来越大，左右摇摆。为了让自己不为安全担忧，我翻开随身携带的诗人阿力木·托克托穆舍夫大哥的书。这是一本刚出版不久的书，收录了他和才华横溢的著名诗人、翻译家萨里江·吉给托夫教授两人20多年来关于时代、民族、文学等各种题目的探讨，虽然已经过去很多年，他们的观点和话语今天依旧很有生命力。不得不佩服他们的伟大！

飞机平地滑行一段，轰隆起飞，冲入云霄。我的旅程开始了……

我和旁边一直斜眼瞄着我的书的小伙子聊了起来。他名叫拜舍巴耶夫·穆赫塔尔，与乌鲁木齐的企业家们合作开展贸易有七八年了，这次也是因公出差。他知道我们此行的目的以及要写的书的重要性之后，给出了他自己的建议。他说，乌鲁木齐乃至整个新疆的人民心胸都很宽广，而且团结友好，如果写一本关于新疆民族风情、历史及地理环境的书，对每个民族都很有意义。他说，他初到这里时，由于不懂语言、不熟悉地理环境，更没有相关的资料可参考，吃了不少苦，希望我们所写的书首先要把这方面的内容写进去，能够对像他一样的读者有所帮助。

我们聊得很开心，边聊边看窗外绿地和戈壁交错的田野，白云下弯曲的山路，像突出的骨拐一般的各式建筑，还有河流、戈壁和白茫茫的山，时间不觉很快溜走。漂亮的中国空姐给我们端来了饮料，同时送上了便餐。

吉尔吉斯作家萨尔曼别托夫·艾达尔别克肖像

两个小时后，我们抵达乌鲁木齐。不得不惊叹科技的力量。100年前要花几个月、要经历多少艰难困苦才能到达的地方，眼下只花了两个小时，就轻松到达了。原来中国离我们这么近！翻过天山就到了！

我们降落在地窝堡国际机场，候机楼像乌龟的脊背一般，有着玻璃相间的曲形金属外壳。机场上，机身和机尾标志着不同国家和航空公司的飞机此起彼落。机场是一个国家的脸面，对世界人民来说，则是"剧院的更衣室"，感觉乌鲁木齐仿佛五洲会聚的中心。穆赫塔尔提起我的行李，带着我来到排队的行列中，便和我告了别。我和那位兄弟分开之后，一个人站在陌生的队列中，因为，阿依肯早已站在中国公民的队列中。该怎么办？觉察到我的困惑的中国边检人员没等我提出请求，已站在我面前，操着流利的俄语，帮我用英语填写好手里的表格。亏我上学学过英语，40年过去，还能模糊地记得一点。再没有比不懂语言文字更糟糕的事情了，顿时会让你变成动物一般！像所有的地方一样，检查护照、签证的工作人员的恭敬，能多少冲淡对陌生环境的恐惧感，让你感到些许温暖。

"条条大路通罗马"。我通过检查出来时，阿依肯已经在出口等我，终于又会合到了一起。

从高举横竖笔画的汉字牌子、挤得水泄不通的接机行列中，冒出一个20来岁、脸上总挂着微笑的汉族小伙子和一个30多岁的司机。打过招呼，马上就知道他是维吾尔族人。在异国，语言不通可真糟糕。我突然想起我故乡懂30多种语言的朋友、著名作家吐尔逊别克·马德里拜，他是多么幸福啊。真后悔为什么以前就没有想到要学一下英文和汉文。吐尔逊别克·马德里拜除了正规学过两三门语言，其他都是自学的。要是跟他学习，那该多好！……阿依肯用流利的汉语和他们交流，如鱼得水般畅快。

天气很晴朗。他们告诉我刚下过雨。空气清洁而凉爽，好像我们刚离开的比什凯克一样。这可太好了，我还担心这里的天气会比我们的南方热，会被太阳烤坏呢。

5月5日夜里，突然想起今天是我们的司法日。我们的人民会不会像往常一样到阿拉套广场去庆祝节日？老伴、儿子、儿媳，还有我的孙子们，这会儿都在干什么呢？

富饶的首府

　　走在路上，我又扫了一眼在网上搜到的有关乌鲁木齐历史的记载。为维护伟大的丝绸之路北道的安全，汉代政府派兵在这里屯田。公元 7 世纪，唐代皇帝在现在的乌鲁木齐城址建城。这座城市在 1763 年曾被称为迪化市。从 1954 年开始，这座北部城市恢复历史上的名称"乌鲁木齐"，古蒙古语的意思是"肥沃的草原"。在《吉尼斯世界记录》一书中有这样的记载：乌鲁木齐是世界上离海洋最远（2500 公里）的大城市。

　　乌鲁木齐坐落在白雪皑皑的天山北麓，准噶尔盆地南缘。城市平均海拔 800 米，温差大，7、8 月平均气温达 25 摄氏度，1 月则降至零下 15 摄氏度，夏天酷暑，冬天严寒。长住居民约为 311 万，为中亚仅次于塔什干的城市。城市居民为汉族、维吾尔族、回族、哈萨克族、柯尔克孜族、蒙古族、塔塔尔族、俄罗斯族等。虽然居民多为无神论者，但有四分之一为伊斯兰教徒。城市下辖七区一县，有国道与哈萨克斯坦的阿拉木图、塔吉克斯坦首都杜尚别、俄罗斯的车里雅宾斯克吉斯坦等城市相连。

　　这些枯燥的信息伴着我过目眼前的乌鲁木齐，周围的一切却让我兴趣甚浓。宽敞的大道上，人比我在其他大城市所见的要少，看上去到处都是干干净净、整整齐齐的。司机告诉我，因为今天是周末，所以大街上人很少，大多在家休息或者去野外游玩。我被城市四处高耸的建筑震惊了。吊车臂横挂天空，身裹花花绿绿塑料外衣的建筑看上去怎么都有四五十层，直穿云霄，难测高度。土耳其昼夜都在建设的高楼曾经让我惊讶，但乌鲁木齐的建筑业却远比土耳其的更忙碌。

最初的惊讶

我们来到市中心五星级的海德大酒店。仿佛身在外国电影的情节里，身穿制服的年轻人还没等我们下车，就将车后备箱的行李恭敬地取出，并放在他那锃亮的推车上，跟在我们后面进了宾馆。如何把行李提到宾馆高高的客房里的焦虑一扫而光，我顿然轻松起来。

到了 20 层的 2011 房间，眼球被铺着洁白床单的双人床吸引。这时候，阿依肯告诉我，随行的小伙子在问我对房间是否满意，"当然了，非常感谢你们的关心。"我以为要安排我们住下，开始脱外衣，阿依肯阻止我说："先不要着急，现在要给您换其他房间。"我纳闷道："为什么？为什么要离开这么好的房间？"我注意到那小伙子对旁边站着的一个年轻妇女轻声说了些什么，那位女士很快就离开了，不久又轻身快步地回来了，两个人用他们的语言说着些什么，然后我们又上了三层，来到另一个更敞亮的房间。一进门，玄关处及桌面上满是刚摘下来的花朵。

"这间房子还行吗？"小伙子问道。

"当然了。先前的房子也不错的。"我真心地回答他。

"不，刚才那房间的床小，不够您睡。您写书肯定要先休息好。我们要给您提供所有的方便，有什么要求，随时提。"小伙子的这些话语（后来才知道，他是自治区新闻办的干部）让我好生惊讶！看，这是怎么样的服务，对客人又是何等地关心和爱护！看来，真主保佑，我不会在这个国家出什么意外。我长到今天，还没有得到过这样的敬重和爱护。

中国餐和筷子

人人都得吃饭，一天不吃三顿饭，日子会很难过。所不同的是每个人由于民族和地域不同，饮食习惯也略有不同。至于中国饭菜，千百年来都以其品种繁多、味道绝美而令无数游客赞不绝口，历来都是东西方作家笔下的浓墨重彩。我很是羡慕好奇，年轻时读到不知是中国什么朝代的帝王接待外国来宾（应该是马可·波罗），一桌饭就上了300多道菜，那时的惊讶，至今记忆犹新。我这凡夫俗子也和别人一样关心中国饭菜会是什么样，是否适合我的胃口，对我的健康会有什么影响之类的问题。

刚把我们的行李安顿好，阿依肯说主任已经在下面等我们吃饭。

我们来到四楼以中国风格装潢的金黄色餐厅。干干净净的餐厅四周是盛开的各色鲜花，给我的印象是中国人很爱花、爱美。

那位副主任正在等我们。当他客气地问我要点什么菜的时候，对中国餐一窍不通的我不知如何作答。我不露声色地对他说，他点什么我们就吃什么。

很快桌子上就摆满了饭菜，有些我从没见过的肉菜、豆腐、蔬菜，我不认识的色泽鲜艳的色拉，还有甜瓜、西瓜。开始吃饭的时候，因为不会用筷子，可把我辛苦坏了！

中国小伙子看着我的样子，笑着把服务员叫过来，给我送来叉子。记得我工作的图拉尔出版社的总编特列克·穆拉塔利耶夫很喜欢去中国餐厅吃饭，总说"大哥，又有一个中国餐厅开张了"，要么就是"走，我们去中国餐厅吃顿饭"。这时我开始后悔，去了那么多次中餐馆，为什么就没有学会用筷子吃饭。这让我想起祖先那句聪慧的歇后语"秃子的智慧在下午——晚了"。

也许是因为接待过无数像我这样的客人，了解我们的口味，所以餐桌上还有维吾尔的饭菜：抓饭、拉面。似乎知道我们爱吃肉，有各种羊肉，有炒得红红的大块羊肉，还有从中间砍断的烤肥羊排，为了方便食用，另一头是骨头把柄。中餐好吃确实名副其实，难怪受到赞誉呢。闻着香味，舌头不住地要往上颚舔，忍不住要咽口水！我们部落在部落史上因少食慢咽而被称为"穆尔扎①的后代"，美味的中国饭菜破天荒地让我忘记了自己的食量，硬把肚子都吃圆了。

说中国是茶的故乡，是因为中国自古以来就向世界各地出口茶，品种因地而异。吉尔吉斯人民爱喝茶，常饮用印度、锡兰、格鲁吉亚进口的红茶、绿茶，也爱喝奶茶。但在中国餐馆里，人们似乎更愿意饮用白开水。当然如果你要点茶，也会给你上各种茶。

按照习惯，饭前饭后我们都要洗手。突然被引到饭桌前，坐在那里，正不知该怎么办时，我注意到，有人在用盘子里的一团毛巾擦手。我也拿起我面前的毛巾，原来是烫过的湿巾，我高兴坏了。这让我感觉到中国和吉尔吉斯的习俗很相似，毕竟我们是自古以来的邻邦。

---

① 穆尔扎：绅士。

夜幕下漫步

我先向阿依肯了解了明天的采访计划，收拾好自己的笔记本电脑、照相机、录音机等必备工具，晚饭前好好地休息了一下。心终于放了下来，开始考虑怎么写书了。

晚上又来到中午用过餐的餐馆，也许是心已经放下来的缘故，面前的香喷喷的豆汤、鸽子肉、炒茄子和酸牛奶，全都塞进了自己的肚子。

饭后决定呼吸一下新鲜空气，便来到宾馆附近的广场。年轻的时候，我们把这戏称为"近处的旅游"，因为到远方国家出差，常在宾馆周围迷路。

广场中央的是中国人民解放军进军新疆纪念碑，碑高30多米。再往广场的南部望去，是周围圈着铁网的足球场。

晚上10点多了，仍有年轻人在那里踢球。夜空明亮、宁静。三三两两、成双成对的老人、情侣们在散步，树丛下的座位上是情侣们的身影。广场周围是一座座高耸云天的建筑。如果一个国家最西北部的都市尚且如此繁华，那么像首都北京和其他著名城市，又会是怎样的情况呢？

如此详尽地讲述自己远行的第一个晚上，强调"剧院——更衣室""机场——国家的脸面"，以及"远行，第一个晚上"的重要性。这是给更多像我一样渴望到邻国一游、却没有机会实现愿望的人上的第一课。

乌鲁木齐中国人民解放军进军新疆纪念碑

母语——人民的宝藏

正如我们的著名诗人拜德里达·萨日诺果耶夫在他的诗歌里呐喊的那样："不爱母语者，不足以为爱国者"，每个民族都应该有自己的母语，而且每个人都应该热爱自己的母语。所有的民族不只是应该掌握自己的语言，还有责任将自己的母语世代相传。我很久以来就坚信，母语是民族的宝藏，知识是一个民族和国家繁荣昌盛的根源。

到新疆师范大学时，我有机会将我的这种想法告诉晚辈。前来热情迎接我们的大学"新疆《玛纳斯》研究中心"副主任、诗人、作家和文学教授曼拜提·吐尔地详细介绍了他们的工作状况和教学条件，并带我们参观了他们的图书馆。我们看到这里的教学和学习条件都非常好。他们的基础设施是由国家支持的。中国对少数民族有各方面的民族政策支持。一个30岁左右、名叫马木拜提艾山·别克图尔干的研究生陪着我们，并对我们感兴趣的问题给予了更详细的解答。

对国家和民族的热爱，是吉尔吉斯人民刻骨铭心、世代相传的优良传统之一。我们从学院出来的时候，看到学院门口聚集了一群陌生的年轻人前来和我们握手。原来他们是在这个学院学习的来自吉尔吉斯的留学生。他们向我们问及故乡的新闻，乡思和乡愁让他们和我们难舍难分。几个来自伊塞克湖州的小伙子让我转达对父母的问候，让他们不要担心，这里一切都很好。当我问及他们的学习情况和生活条件时，得知他们对这里的一切都很满意，尤其是国家对他们很重视，在这里没有民族和种族歧视，他们受到和其他在校学生一样的待遇。我很高兴，也相信他们说的都是真的。

因为时间很短，我希望通过告诉他们我此行的目的，让他们知道在国外学习的经验对他们将来回国建设自己的故乡有多么重要的意义，并鼓励他们好好学习，为国争光。但愿我仓促的努力多少能冲淡他们的乡愁，也希望他们能够珍惜来之不易的求学机会。如有足够的时间，我会给我们祖国的青年、我们的未来好好地上堂课。一起留影之后，他们和我们恋恋不舍地挥手告别。

我们来到离学院主楼 10 公里远的文学教学楼，准备和在那里上学的柯尔克孜族学生们一起上一堂课。今天的课是"现代柯尔克孜族语"，讲课的是一位名叫阿里·苏云巴依（来自阿合奇县柯尔克孜族切利克部落）的老师，他今天所讲的课程，是关于我们语言教育的先驱卡斯木·特尼斯坦诺夫先生在柯尔克孜族语采用阿拉伯字母方面所做的工作，及其对柯尔克孜族生活的深远影响。受他的影响，中国新疆克孜勒苏柯尔克孜自治州柯尔克孜族决定使用阿拉伯字母，并于 1957 年出版首张《克孜勒苏报》。自那时起，柯尔克孜语教材、文学刊物、翻译文集等出版的越来越多。1963 年语言文字工作一度中断，1979 年之后恢复柯尔克孜族语言文字，越来越多的柯尔克孜族文学作品出版发行之后，人们才开始广泛了解柯尔克孜族语是知识的、科学的、文学的语言。1983 年以后现代柯尔克孜语成型。1996—1998 年间，学校开设了柯尔克孜语课程。从 2011 年开始，新疆师大文学院招收 5 年制柯尔克孜语专业学生，每年招收 20 名学员。

根据我们的计划和师生的请求，我上台给听课的学生们演讲，谈每个民族的母语是他们民族最珍贵的财富，谈吉尔吉斯的过去和现状、吉尔吉斯文学的过去和现状，以及我到这里的目的。让我惊讶的是，这些十八九岁的姑娘小伙们所提出的问题，其睿智和深刻完全超出了他们的年龄。

"全球化背景下，每个民族的母语存在的必要性和重要性是什么？""史诗《玛纳斯》和伟大作家钦吉斯·艾特玛托夫对吉尔吉斯乃至世界人民的精神世界及文学有怎样的影响？""在写作过程中，母语及其文学用语如何应对当今世界的复杂性？"

　　当然了，我尽我所知回答了他们的问题，并为年轻人能提出这样高水平的问题而感到高兴。这一切当然要归功于赋予他们智慧和知识的教育体制，说明国家所给予的教育是紧跟时代的高质量的教育。这样的国家和人民当然大有前途。

南山脚下

乌鲁木齐以南 30 多公里，有个旅游观光的好去处。不管是夏天还是冬天，都值得前往一游。5 月 7 日清晨，我们沿着乌鲁木齐宽敞的柏油路出发了。尽管事先都看过采访计划，但想象前往的地方，并不是简单的事情，只知道我们在沿着浩瀚的戈壁南行。远处的青山渐渐朦朦胧胧地映入眼帘。我兴奋坏了，毕竟我是群山中长大的吉尔吉斯人。山越来越清晰，我看见路边用水泥雕塑的扬鞭策马、手举雄鹰、尽情追逐的姑娘、小伙子的身影，更加兴奋起来。再仔细观察他们的着装，发现他们不是柯尔克孜族，而是哈萨克族。那也不错，我们毕竟是亲戚嘛！

我们所到之地是乌鲁木齐市的南山白杨沟景区。在一个哈萨克族聚居地，有什么东西无形地勾住了我的注意力。原来是太阳能灶和风力发电机！风车之间的间隔是 30—40 米，房顶和院子里也安有发电机，说明这里的自然能量得到了充分利用。

我们离开那里向左拐，看到排列在山脚下的一长串玻璃房子，那是暖棚。与我们那里不一样的是，这些暖棚免费提供给需要的人。在旅游村，接待我们的是个和我个头差不多的壮汉。他热情地和我们打招呼，并将我们迎进房子。寻根问底，得知他名叫措克图，是蒙古族塔尔巴克的后代，是这个旅游村外事宣传部门的负责人。他领着我们来到一栋房子前，在门前等待我们的是一位叫马纳特·阿纳尔汗的 36 岁的哈萨克族小伙子。他来自新疆阿勒泰地区，有两个孩子，和老父母一起生活，爱人是来自安集延的乌兹别克姑娘。马纳特 74 岁的老父告诉我们，他的祖辈为哈萨克的乌鲁居兹，102 年前来到这个地区。有趣的是，他的哥哥和姐姐都在哈萨克斯坦生活。他们这套条件优越的住房（包括厨房和库房）是国家给盖的，以半价分配给他们。他们有足够自己耕种和放牧的田地。这里每年不分冬夏，前来的游客很多，措克图接待他们之后，再分配给这里"牧家乐"的各位主人。他们共同为游客提供服务，主要是在牧家乐里接待他们，让他们品尝美味的哈萨克牛羊肉大餐，体会这里奇特的习俗。我原以为这只是一种宣传，没太感兴趣，但事实上确实如此。眼见为实嘛。

离开这里往天山峡谷方向前行，大概四五公里处有一个神奇的地方，迎面是几公顷用玻璃盖起来的房子，进去一看，天啊，简直是世外桃源。玻璃篷高达10米，种植着来自中国各地的各种鲜花和绿树，好像我们比什凯克的植物园。说像，也只是面积差不多大而已。如果说起里面的植物种类、对花木的呵护、院子里体现中国哲学的木质桌椅、舒适的休息场所、密林前面小巧玲珑的餐厅、供会议和婚礼用的大厅、小型博物馆和礼品店……和我们的比什凯克植物园相比，可是天壤之别。天堂般美丽的园林里，满是鸟喙般细小的花朵，还有大象耳朵般庞大的叶子，百花怒放，竞相争艳！眼看着这些从未见过的大大小小的树种，或是挺直，或是缠着蟒蛇般怪异的树根。而枝叶浓郁的气味，更让人胸怀舒畅！这里具备了一切令人敞开胸怀、信步游走的条件。真乃人间天堂！路边是用大小石头装饰的小房子，墙上挂着高雅的镜框，里面是中国历代先哲的训诫，提醒人们如何珍惜这个明亮的世界。在这个神奇的地方，心身也得到洗礼！

从那神奇的地方离开，不远处就是身被绿松的挺拔的高山，蓝蓝的天上翻卷着白云，望去令人心旷神怡。山上凉爽、清洁的空气更是治愈灵魂的妙药!

措克图说这里一年四季游客络绎不绝,确实是真的——雪橇在山顶和山腰划出的雪白的轨迹在阳光中闪亮。山上冬夏白雪覆盖,吸引了众多冬运爱好者。这里有来自冰雪之乡芬兰的冬运设备,足够滑雪运动爱好者尽情享受。不只是中国,这里还接待来自日本、韩国等国家的专业运动员和业余爱好者,尽享滑雪等各种冰雪运动的乐趣。这就是我要说的,不来这里一观的人,都会感到遗憾!

没有被遗忘的古老风俗

当措克图将我们从那神奇的玻璃房子里又带回马纳特与清真寺相连的一户人家时，主人已按照柯尔克孜和哈萨克的礼节宰了羊，煮熟了羊肉等待我们入席。让我高兴的是，他没有忘记自己祖辈的传统。在开饭之前，他将年老残疾的父亲从轮椅上抱起，安顿在最尊贵的席位坐下，又把他年过七旬的老母亲阿布凯·巴尔坎古丽迎到合适的位置，然后让大家洗过手，将整块骨头肉按身份分配给每个人。他们把羊头和羊股骨敬给我，其他人也各自得到了骨头肉。

唯一遗憾的是马纳特的耄耋老父不很清楚他自己的宗族部落来源。可能是年轻的时候忙于生计没在乎，以至于没弄清楚自己的根本。按照传统，吉尔吉斯人和哈萨克人至少要知道自己的七代祖宗，并记住他们的名字，这尤其是男子的职责。在苏联时期，也有过很多人忘本——不了解自己的历史，忘记自己的宗族传统。很多年轻人不懂自己的语言和风俗，变成数典忘祖的"曼库特"，这种现象现在还存在。感谢真主，毕竟还是有顽强的、聪慧的智者，珍惜自己民族的精华，通过收藏、书写、讲述，保留住了自己的习俗。

非常感激拥有豪放的哈萨克个性的马纳特对我们的热情款待。至于蒙古人的宽宏大量，更能从措克图身上感觉到。时间在欢声笑语中飞逝。这一亲身经历，证明了中国少数民族保持了自己的传统。

山上扎辫子的姑娘

峡谷尽头是一座水库，沿着水库建了一个个疗养所。水库与吉尔吉斯斯坦的托克托古尔水库一般大小，却有天壤之别：松林沿岸向上爬，直到山顶，还有柏树、巴丹树等，百花盛开，奇香四溢。空气凉爽清新，天高云淡。

水库的入口处便是远望上去像二三十个扣着的白瓷碗般闪亮的毡房。毡房旁边是一个个商店、小型宾馆和停车场。

美丽的风景让人迷醉，信步走在岸边，深深呼吸新鲜空气，拍照留念。眺望峡谷的绿茵，放眼皑皑雪山下油绿的松柏，真想插翅飞进山的怀抱，穿梭于山顶峡谷之间，在雪地上打滚儿。

待嫁的柯尔克孜族姑娘

这时我惊喜地注意到有三四个女子来到岸边。有一位身着薄纱的姑娘，她身边不知是她的伙伴，还是她的姐妹，在忙着给她扎辫子、涂脂抹粉。原来她要嫁人了！奇怪了，城市里有很多高级发廊、美容院，她们不去，干嘛跑到这山顶，坐在冰冷的石头上？这说明这个姑娘热爱大自然，不喜欢喧闹的人群，更不喜欢被阳光晒得发烫的城市，愿来到这幽静的大自然的怀抱，远望峡谷，拥抱蓝天，和绿水畅叙心曲，希望在这神奇的大自然中度过自己生命中最幸福的时刻。好样的！说实在的，还有什么比自由自在地置身于这样天蓝、草绿、水清、花红的宁静的境界更惬意呢。

在伊犁

特克斯特写

我们乘飞机从乌鲁木齐飞到伊宁，再坐车前往特克斯。开车的巴格达特一路上给我们讲解过往的村庄、人物和那里的生活状况等等，对我们感兴趣的问题，他不厌其烦地——回答。巴格达特大约 35 到 40 岁，中等个子，是个性格很开朗的小伙子。当然了，对于一个月后就满 60 岁的我来说，他算是个小伙子了。他是哈萨克族，是几个世纪来融合在这里的乃曼部落人。据他说，这里如果有人想务农，国家就向个人出租耕地 30 年，对急需资金的人提供一定数目的无息贷款。国家在各方面给予农民支持。如果农民的收成多于双方事先签订的协议，则国家还会高于原价收购他们的产品。这样做，是为了支持农民来年能扩大自己的生产，让他们自力更生，自给自足。这是多么正确的政策。种田不上任何税，这让我难以想象。当我细问缘由时，他告诉我国家富裕了，每年要为民生，尤其是改善少数民族的生活提供不少经费支援。对于牧民，也是同样的政策，向牧民出租牧场，发放用以购买牲畜的贷款，之后再收购放牧养肥的牲畜等，收购的价格多高于一般市场的价格。这都是为让人民发展生活、提高生活水平而提供的优惠政策。对于劳动者来说，还有什么比这个更好呢？

我一边听巴格达特的解说，一边想，我现在正前往 100 年前自己的祖辈曾经经历苦难日子的地方，这样多少感到些欣慰。我的外公依曼·玉山，还有我喊他"爸爸"的我的姨夫托尔都，都曾向我提起 1916 年"大逃亡"时他

马背上的较量

们经历过悲惨命运的伊犁、特克斯、卡克沙里（今天的阿合奇县）……在那个年代，有多少柯尔克孜族的同胞暴尸在这戈壁荒滩上！当时刚满 11 岁的毛利多嘎兹·托阔巴耶夫，和逃亡的族人一起流落到中国，后来在 1928 年以亲身经历，写下了剧本《悲惨的卡凯》。15 岁时经历了同样遭遇的卡斯穆阿里·巴雅力诺夫，在他 1928 年写的小说《阿加尔》中，描写了十多岁的小女孩阿加尔如何被母亲卖作童养媳，只为换回一碗炒面，又如何渴望自由，不顾一切逃往家乡，却在返回吉尔吉斯的路上不幸成为饿狼的美餐。还有吉尔吉斯人民诗人、科学院院士阿里·托阔姆巴耶夫的《血染的年代》，人民作家图果力拜·斯德克别阔夫的著作，著名作家叶力巴耶夫的著作，卡斯木阿里·加尼托舍夫的《卡尼别克的小说》等，都是无数人凄惨命运的真实写照，描写那几乎吞灭整个吉尔吉斯人民的灾难年代里的无数悲剧……他们翻过天山，躲过后面追来的沙俄的枪弹，只剩下两成的人与死神抗衡，勉强在这里过着非人的生活，活下来的人在归途中又死了多少！每个人都热爱他自己的故乡，每个人的命运都和他脐血所滴的那块土地紧密相连。在吉尔吉斯躲过枪林弹雨的幸存者来到中国，给当地人帮佣，勉强活了下来。那些没有能够回到自己故乡的，就在伊犁、特克斯、阿图什、乌什等地与当地居民融合。

　　望着窗外灰溜溜的石山，我好像又回到了先祖的年代……那艰难的路途早已不存在，眼前是宽敞的大道，路面如镜子般光滑，是沥青铺出来厚实的大路。我们乘坐轿车，以每小时 100 公里的速度行进。100 年前，我的祖辈走这条路要花一年半载的时间，翻越高耸入云的皑皑雪峰，在灰山石峡谷中迷失徘徊无数次，半道儿又常遭遇强盗，冒着掉脑袋的风险做生意，今天我们仅用了一小时的时间就走完了他们要走一个晚上的艰难路程。在这条山路上，饱经艰辛和饥渴的我的先祖可曾想到，今天的我会这样轻松喝到他们几个月喝不上的、视为圣水的瓶装矿泉水，思绪在瞬间飞驰。唉，老祖宗说过："50 年人间变化，100 年大地更颜。"瞧，这一切！

路边葱绿的树林、一望无垠的葡萄园、果实累累的庄稼——所有这一切都是人们认真努力的成果。祖先们做梦也不会想到，半个世纪的光景，那浩瀚的戈壁荒滩，会变成今天美丽的绿洲，披上新绿的盛装。归根到底，当然是人类劳动的成果，是人类顽强意志的收获。俗话说得好，"有劳有得"。当然了，更归功于国家的扶持政策！

在路上，阿依肯和巴格达特两个人不停地用手机联系。在快进特克斯城的大道上，远远看到五六个头戴白毡帽的人站在路口迎接我们的到来。一下车，就有一位高个头、皮肤黝黑、40 出头的英俊小伙子迎上来和我握手，自我介绍，并介绍身边一行几人。原来他是特克斯县党委常委托克托尔·卡尔穆沙克，是布谷部落卡拉穆尔扎氏族的——我的同族兄弟。以伊塞克湖东部为故乡的我们的祖先是卡拉穆尔扎布谷部落的后代。他身边的是县人大的副主任吐尔洪江·别肯。和他们在一起的还有文学评论家托克托生，诗人、作家加尼别克。他们站在摩托车比汽车多的特克斯马路边，就特克斯县向我们作了详尽的介绍。在柯尔克孜族的文字记载中，特克斯历史悠久，在《玛纳斯》史诗中曾被提及，是柯尔克孜族及其他民族的故乡之一，是玛纳斯骑着灰花马、带着 40 少年勇士、为远征昆吾尔前往吉尔吉斯途中所经之地，是各种走兽栖息、飞鸟筑巢的令人神往的美丽地方。

史诗《玛纳斯》中唱道，玛纳斯成为汗王之后，库郎听说玛纳斯到他祖辈生活的地带招兵买马，便向特克斯汗传递消息。特克斯汗命科雅兹施魔法，把玛纳斯途经之地的所有树木和花草都变成了军队。特克斯汗以为玛纳斯不可能战胜魔法军队，放心地躺在军营里，不做任何准备。看穿魔法的巴卡依军师一把火将所谓的军队烧光，冲进特克斯汗的军营。恼怒的特克斯汗先杀了科雅兹，然后自杀。玛纳斯不让军队凌辱特克斯人民，反而根据他们的请求，立特克斯汗的兄弟特伊西为汗王。

今天的特克斯县，有居民 16 万人。

与亲人相遇，或回顾历史

从特克斯很快穿越了 120 公里，来到阔克铁热克乡，迎接我们的是乡长依先拜。托克托尔·卡尔穆沙克告诉我，他也是我布谷部落的弟兄。他身边的是他的副手、作家、诗人，以及这个乡的活跃分子。大概因为我是作家，所以特别请作家诗人与我交流。这也有道理，我所需要的是了解自己民族、地区的历史、文化及风俗习惯，尤其是口传历史，能够讲述自己家族根源的传唱人。歪曲历史，是历史和亡灵所不能饶恕的。应该准确无误地记录每个人是谁，怎么样，经历过什么历史事件，历史地位如何。这是我所关心的，因为我多年来观察到国人很关心中国的柯尔克孜族和哈萨克族，想知道他们之间的关系，所以通过我的笔将他们联系在一起是我此行的主要目的。上面提到的"大逃亡"之后，1930 至 1937 年间，苏联政府驱逐贵族的后代，开除他们的公职，他们中间的精英和能人遭到关押甚至枪杀。为逃避这一灾难，很多人逃到中国境内，投靠那里的亲戚。结了婚的扔下老婆孩子，光棍们则"提着自己的脑袋"逃到这里和当地的姑娘结婚生子，留下根苗。自从 1991 年吉尔吉斯独立之后，越来越多的人开始关心那些人的子孙后代，希望能够和他们取得联系，把中断的亲缘接续起来。上世纪 50 年代末 60 年代初，中国政府打开国门，有很多吉尔吉斯人和哈萨克人返回自己的国家。个别已经安家落户的人不想再换国籍，便留在了中国。这些人中的很多人已经很难查询，不知去向。有的搬了家，有的换了工作单位，有的去世了。

吉尔吉斯人和哈萨克人历来就对散吉拉（部落族源史）很重视。"不知自己七代祖先的人是没有依靠和支柱的人。"

大逃亡时代的柯尔克孜族

意思是，如果你不知道自己的七代祖先，你会让人看不起；只要你知道你的七代祖先，知道你是哪个部落的，就会找到你的亲人，他们会接近你、支持你、保护你、帮助你。七代同族的人被认为是血缘相同，自古以来禁止通婚。这已被当今遗传学证实其科学性。不关心这一科学的其他许多民族，有的早已经在这个地球上消失，有的被其他民族同化了。这就是了解族源史的重要性所在。所谓族源史，在柯尔克孜民族这里主要就是游牧民族的口述历史。知道我要到中国新疆维吾尔自治区，有不少人找到我，告诉我他们的什么亲人在什么地方定居，叫什么名字，希望通过我的这一行程能够得到他们失散 50 年，甚至 100 年的亲族的消息，哪怕弄清楚他们的生死也好。如果活着，能够和他们相识、交流、来往，那该有多好！我是带着他们的家信和字条，带着他们对我的期望踏上路途的。我答应他们，一定尽力帮他们寻找，至少弄清楚他们的联系方式。我不断地想起自己的承诺，会不会带来让他们彻底失望的结果？如果身处两国的亲人能够团聚，那对将来两国的团结和友好往来该有多大的好处啊！

阔克铁热克乡有 17560 名居民，属 13 个民族。居民中 54% 是柯尔克孜族，而且大部分是来自伊塞克湖布谷部落的柯尔克孜族。在对村庄作了简短介绍之后，他们带我们转了一下村子，然后来到阔克苏河大峡谷。从山上蜿蜒而下的阔克苏河沿岸种植着各种松柏和各种巴丹树，空气凉爽而又新鲜，让人心神舒畅。这会儿他们又给我重复了一下一路上听司机巴格达特介绍的国家支持农牧业生产的各项政策。这说明这不是司机的道听途说，还真是事实。

让我好奇的是，他们告诉我著名大作家图果力拜·斯德克别阔夫曾于 1960 年来过阔克赛克村，在半山腰上的毡房里做过客。他们争先恐后地告诉我从父辈那里听来的让他们自豪的故事。让我感到荣幸的是，他们把我当作自己亲人般热情接待。他们没有忘记自己的民族。对自己的民族的爱和尊敬，是一个人，乃至一个民族的灵魂。这说明这个国家的政治英明、人民自由。这是我亲眼所见。

然后，他们让我们坐上车，沿着南上的石路开到半山腰，俯瞰整个村落，给我们介绍这个乡的概况。他们带我们进来的那条道路将整个乡一分为二，除了乡文化馆、乡政府、商铺之外，其他房子都是一样的红壁蓝顶。领着我们穿过这个乡的依先拜的介绍证实了我的想法。坐落在山脚下、房檐迎着晚霞的式样新颖的住房，是国家给这里的牧民、农民及需要住房的所有职工们盖的房子，盖房所需的 40% 的费用是由国家来承担的，剩下的费用由居民在 20—30 年内还清。乡里一半以上都是这样的房子。这个乡以农牧业生产为主。这块山地的主要居民属柯尔克孜族、哈萨克族、蒙古族，而他们又正好是游牧民族。这说明国家是很重视民族风俗习惯的。各民族，尤其是柯尔克孜族，对自己的语言和习俗所给予的重视，在县和乡领导迎接我们的那一刹那，我就深深体会到了。而此时在宴请我们的乡银行干事家里，我更清楚地意识到这里的柯尔克孜族比起我们吉尔吉斯人更重视保护自己的习俗、文化，因为我没发现有谁说话时掺杂其他民族的语言，不管是在他们头戴白毡帽热情而谨慎地迎接客人时，还是在吃饭前给客人倒水洗手、将他们迎上上座时，甚至从请来的演员们给大家弹唱的曲目里面都能充分体会到这一点。"语言，不因为实际使用而被破坏"。吉尔吉斯人说话时，大都掺杂俄语和乌兹别克语，这并不是什么秘密……而看到中国柯尔克孜族亲人们餐宴中所摆设的"包尔沙克"饼、炒肉，和伊塞克湖人家一样香甜的奶茶、冰酸奶、"加尔玛"粥等民族餐饮，以及按客人的尊贵等级所分配给每个人的不同的连骨羊肉"乌斯图坎"时，我真是被感动了。在吉尔吉斯曾无数次听说过，近百年来生活在中华民族中间的柯尔克孜族人，早已忘记了自己民族的饮食。原来不是如此，是他们错了！原来的恐慌，在我和他们第一次见面的那一刻便烟消云散了。"百闻不如一见"，这句话是真理！

正当我和当地人聊得热火朝天时，村长递过来他的手机，说："约穆尔扎克老人的电话，他在特克斯，您和他说话吗？"我这才想起我两个小时之前提出的请求。在离开吉尔吉斯之前，我的写作老师阿布德里达·卡拉萨尔托夫特地将他的书和他编辑的儿童杂志给我，让我抽空找一下失散60多年的儿时的朋友。如能找到，则将书转交给他；如果见不到人，哪怕拿到他的地址也好。老作家阿布德里达·卡拉萨尔托夫生于新疆伊犁，毕业于新疆大学历史地理系，就职于新疆师范大学，之后于1963年迁居吉尔吉斯。我接过电话自我介绍，并转达问候。约穆尔扎克老人听后很是感动，问了他儿时朋友的健康状况，还告诉我，过两三天他要来阔克铁热克，希望和我见上一面。我告诉他我尽量，因为我们的每一个小时都是事先安排好的。老人将自己的遗憾藏在心里，没有强求。这就是长者谦恭的风范。

餐席上，拉着手风琴的小伙子在唱我非常尊重的大哥焦勒多什别克·布祖尔曼库罗夫创作的歌曲。这是他有感于钦吉斯·艾特玛托夫的歌剧《我的包着红头巾的小白杨》主角伊利亚斯悲伤的爱情故事而创作的。当他深情高唱：

独自漫步，我在湖边，
爱上姑娘，我幸福无边。
青春迷失在繁杂的路边，
翅膀折断在多伦山间。

情不自禁，我差一点哭了出来。

我没有想到，在异国他乡能听到有人这样准确地唱出吉尔吉斯作家谱写的爱情曲调。这就是诗歌和音乐的感染力。这就是民族的同根、同源和统一。而另一位把我们的著名作曲家额尔斯巴依·阿布杜卡德尔诺夫的作品唱活的小伙子，又正好是伟大的柯尔克孜族玛纳斯奇居素甫·玛玛依的孙子，验证了祖辈"血脉相承""爹好儿子强"的千年良语。我将自己写的《亡国》一书和著名诗人、数学博士扎米尔别克的诗集《神奇的预示》，以及阿布德里达大哥特意让我转交的书和杂志等，作为我们送给图书馆的礼物，交到了乡长依先拜兄弟手里，希望孩子们能读到这些书。他高兴地接受了礼物。我告诉他们，我工作的《新阿拉套》杂志社出版过古代的孔子、老子，现当代的老舍、巴金等著名作家的作品，还有当今中国柯尔克孜族作家马克莱克·约穆尔巴依、别克·夏特、阿勒玛·别克等人的作品，而且今年5月份的杂志上，就有阔克铁热克乡的别克图尔干·伊利亚兹的小说《幸福路》。

这篇小说深受曾于 20 世纪 50 年代在中国生活、就职于北京中央民族大学的吉尔吉斯著名作家阿曼·萨斯巴耶夫的青睐。这时，大家兴奋地异口同声道："他是我们的小伙子！"我告诉他们，文学、艺术没有国界，是全人类智慧和内心世界的写照，而且给他们举了一些世界文学的例子。大家对我的话很是认同，听得很认真。这说明他们能正确接受文学、艺术，也说明他们的思想和心灵是自由开放的。我身边坐着的托克托生在言谈中透露出自己是个文学评论家，说他多年来一直在吉尔吉斯的报刊杂志上发表作品，说他是《作品越有意义，评论者越多》一书的作者。冷不丁地，他开始背诵诗歌，我们都默默地听他诵读。当我问起诗的作者时，他们指着坐在我身边的刚刚认识的加尼别克，说正是他。我望过去，看到他正在用他的脚趾翻阅刚才我给乡长的扎米尔别克的书！

"你的兄弟天生没有双手，他的诗都是用脚写的，包括刚才您欣赏的那首诗。"托克托生这样说道。似乎是已经习惯自己同伴的这种语调，抑或是早已接受了自己令人遗憾的命运，也许正是因为残疾造就了他诗文深奥的哲理，加尼别克淡然地面对眼前的一切，并没因有人这么公开谈论他的残疾而羞愧，只是笑着说，是这样的。他宽阔的胸怀和顽强的毅力令我感到震撼。即使这样，我仍为他天生残疾而难过。老天为什么这么不公平？为什么要让有些人在难得的短暂的一生中忍受残疾的痛苦？刚才我看到他两袖空荡时，就想许是经历了什么灾难而落的病根，原来……

做梦都没想到，有一天我会找到这样至今保留着自己的语言和习俗的了不起的亲人，并受到如此盛情的款待。幸福的感觉让我晕晕乎乎……

按照柯尔克孜族习惯，他们纷纷留我们过夜。但是根据事先的计划，我们需要赶路了。我向我的亲兄弟——传说中布谷（鹿）妈妈的后代们——解释了不能留驻的原因，深深地祝福他们，求真主赐家主平安、康福，子孙满堂。即使是半夜了，我们还是迈开了前往夏特的步伐。他们告诉我，夏特也有很多布谷亲人。

昭苏，苏联胜利日

沿着山路，夜里 12 点 05 分，我们来到伊犁哈萨克自治州昭苏县。

汽车奔驰在宽敞明亮的大道上，我们没有任何劳累的感觉，很快就到达了目的地。虽然是深更半夜，40 岁左右的县新闻办副主任艾尔扎提·那弯早已等候在宾馆门前。他的言谈举止十分爽快。寒暄过后，得知他是哈萨克族乃曼部落的。他将我们安顿好，告诉我们明天早晨见面。第二天 5 月 9 日早餐时，艾尔扎提就昭苏县城的相关情况向我们作了简短的介绍。县城面积 11200 平方公里，生活有哈萨克族、汉族、蒙古族、维吾尔族、柯尔克孜族等 21 个民族，人口 18.6 万人。这里的居民主要从事牧业生产，有牲畜约 100 万头。

天气晴朗，空气清爽。今天是苏联包括吉尔吉斯在内的各个共和国的胜利日。1945 年，苏联人民结束纳粹德国发起的致使 6000 万人丧生的"黑瘟疫"战争，希特勒自杀，德国法西斯战败，并在投降书上签字。那时不到 200 万人口的吉尔吉斯人中，在战争中死亡人数为 20 万，还有大概 20 万人伤残。更不要提那些剩下的老人、儿童和妇女，大部分为战争而辛苦劳作，忍受饥饿及病痛的折磨，饱尝失去儿子、父亲和丈夫的剧痛。

景色秀丽的夏特

艾尔扎提根据我们的事先安排，带着我、黄静和阿依肯前往柯尔克孜人居住区夏特。这是一个坐落在山脚下的城镇。皑皑雪山在眼前闪烁，天空蔚蓝，环绕山峰的云朵也是异常洁白，应该是空气新鲜之故。

在乡政府办公室前，有一群人接待了我们。他们是38岁的乡长叶戈木别尔迪·阿里木库里（巴斯兹部落）、退休的长者艾山木丁·朱曼（阿热克穆尔扎氏族），还有原乡长卡里穆拉特·卡尼古力、阿布杜克里木·托伊玛特（别列可大部落，夏帕克小部落）、谢坎·萨拉瓦特（阿热克穆尔扎氏族）等乡领导、技术人员和作家、部落史学家散吉拉奇。

他们把我们带进新盖起的四层乡办公楼里明亮的会议厅。叶戈木别尔迪乡长将前来迎接的各位介绍给我们，并详细地向我们介绍了这个乡的情况，包括当前的经济状况。

夏特有1.4万人生活，其中包括8个村庄。除了4500名维吾尔族、3100名柯尔克孜族居民外，就是蒙古、哈萨克等13个民族的居民了。当然了，学校、医院和其他国家重要设施和前苏联一样，为国有、公费。他们所盖房子的面积在80—120平方米左右。最近这几年，平均每年盖房500—600套，今年将盖700套。乡里60%都是这样的房子，人们不论是放牧的、种地的还是做旅游的，都不收任何税。放牧、种地或经营其他行业，国家会给予援助，购买他们的产品。如果产品超出协议数量，多余的部分则给予资金奖励。只要你做事情，就可以充分得到各方面的支持和援助。

这里的居民大都从事牧业及旅游业，为慕名前来的游客提供服务，每年接待游客3万到5万人次。这里的旅游景点有温泉山谷、雪山和乌孙国古城遗址（有300多处遗址）等。

总之，有足够多要做的事情。乡里约有 8000 多人从事旅游服务行业。乡里的维吾尔族主要囤积育肥牲畜，之后卖到市场。当然，柯尔克孜族、哈萨克族和蒙古族也有经营牲畜买卖的。

乡政府大楼西侧正在大规模建设中的是玛纳斯中心广场，一整套建筑群。广场左边是根据《玛纳斯》史诗绘制的反映柯尔克孜族文化、风俗的大型绘画，中间是玛纳斯的雕像，东面则是反映这个乡其他民族风土人情的绘画。

我们参观完乡学校、医院和居民楼之后，完全相信此前乡领导给我们所做的介绍。所见的老师、医生、病人、普通居民，异口同声证明了这一点。20 多个民族的人民能像一家人一样亲切，像亲兄弟一般团结，和平共处，这是令人欣慰的。我们参观了给牧民盖的房子，靠路边一侧的形状是蒙古包式的，而背面是四方的。外表看上去虽像冰冷的水泥房屋，但实际是用烤制的砖盖起来的，屋内地面铺有漂亮的地板。房间宽敞、清洁，像城里的房子一样供暖、供水、供电。"胳膊肘子朝里拐"，没有任何分裂排外的迹象，所有民族的代表都分到同样的房子。

我们采访了那里的居民，了解了他们的生活。一开始我以为他们会像我们国家那样提前做手脚，弄些假象给客人看。不瞒大家说，当官的下去访察，或者有远方来客时，我们国家就是这样应付的。为了打消自己的疑虑，我还真的随便指了一处房子，问跟随我们的艾尔江，我们能否看看。

"随便你看哪套房子，没有人阻挡你。"他自信地答道。

我敲了一下眼前的蒙古包形状房子的门，随即出来一个小个头、红脸蛋快要冻裂的柯尔克孜族长相的姑娘。我让阿依肯问对方能否进屋，那姑娘绽开笑脸，打开了门。踏进门槛，就看到一张熟悉的成吉思汗的肖像画。

房子里面和刚才我看的房子一样，是用漂亮薄板包好的，说明冬暖夏凉。房间宽敞、明亮，家具高档、时尚。房主就是刚才给我们开门的蒙古族姑娘，她和丈夫都是牧民。更让我好奇的是，她的名字竟然是柯尔克孜族名字阿依古丽。问她为什么，她笑答：我爸爸妈妈生活在柯尔克孜族中间，喜欢上这个名字，所以就给我取了。

出来之后我才向艾尔江问起成吉思汗的事，国家为什么允许民众公开挂起曾经血腥征服中国北方、屠杀无数人民的刽子手的画像？因为这样的问题可能会涉及政治，不能公开询问，担心自己不小心触及敏感问题而出丑。

"这是曾经的历史。过去的已经过去。阿依古丽或是其他蒙古族人不能因成吉思汗而戴罪。"他这么简练地回答了我的问题。确实，今天的人民与过去的事实又有何相干？责怪他们不是太愚蠢了吗？现代人的智慧就是这样，思想应该是比较开明的。如果世界上的国家和人们都像这样团结统一，那该多好！

人间天堂——阿热善

走出夏特，迎面是雪峰耸立的高山，再往前便是宽阔的峡谷了。

乡南面的这个峡谷，叫做"阿热善"峡谷。听到名字，我就很惊讶：因为吉尔吉斯伊塞克湖州阿克苏区南部就有一个依山傍水的阿勒腾——阿热善峡谷，是名副其实的"大地的黄金"。似乎是我们所称的阿拉套山——当地人叫做天格尔托（天山）——把它们分隔开来。看上去它们是有"脐带"相连的。同样高耸入云的山脉，奔流着将峡谷中分的河水、河岸，群山表面挺立的松柏、荆棘、红灌木和巴丹树，天空中展翅翱翔的雄鹰，峻峭的山崖间休寝的盘羊、羚羊，以及在山腰生活的熊、狼、旱獭等，都是一样的。甚至栖息在白雪、蓝冰中，目前濒临灭绝的豹子也是一样的。最像的是，两个阿热善都有温泉涌出！空气清新、爽洁。这里没有恼人的喧嚣，看不到城市的汽车和烟囱排出的乌烟瘴气，凉爽空气让人顿时忘记生活的奔波忙碌。沉浸在优雅空旷之中，再捧起清泉大口喝下，饱览神圣的大自然——这不是仙境是什么？若想延年益寿，青春焕发，请到贵比黄金的圣地阿热善来！这就是所谓"见和不见都无限遗憾"的感慨。不见的遗憾自不必说，见的遗憾则是：这辈子如果有机会再游一次，那该有多好！这是我们共同的感慨。

至于那些在近处玩耍的滚圆的旱獭，它们肯定见人见多了，而且受国家保护，数量还真不少。

乌孙人，中国公主

阿拉善峡谷进口处有一座座引人瞩目的山包。那是远古时期乌孙国的历史遗迹——墓冢。它们好像长了翅膀似的，向令人遐想的空旷之地延展。总共 300 多个墓冢，埋藏着乌孙国王、他们的妻小、英雄将领及要人。考古学家的发掘工作很早就得到了批准。乌孙人到底是谁？他们是在哪些朝代生存、繁荣又灭绝的？在世界的历史地位又如何？他们经历了怎样的命运？对于前来瞻拜的游客来说，这些问题会不由自主地涌入脑海。

我们可以参考一下中国古代丰厚的史料：公元前 3 世纪的乌孙人活跃于合黎山和祁连山之间，或者说，他们是生活在凉州敦煌以东的民族。公元前 178 年乌孙被月氏人攻灭，他们中的一支逃向匈奴。乌孙进行了长达 20 年的战争，西征月氏，建立了乌孙国。这段时间，乌孙的生活传统习俗成型，形成了强大的贵族势力。乌孙国西至今天吉尔吉斯的塔拉斯河流域，东至天山南北，北濒巴尔喀什湖，南邻塔里木盆地诸国，都城建在赤谷城，居民 63 万，军人 18 万。乌孙是当时西域最强大的国家。乌孙和汉朝有着政治往来，曾有细君公主、解忧公主因为和亲政策从汉朝远嫁乌孙，双方联合起来，击败了北方的匈奴。乌孙主要经营牧业生产，视农业为副业。乌孙人的手工业比较发

细君公主

达，他们用皮革、钢铁、木材和陶土制造器皿。而定居下来的农民和其他国家进行贸易往来，在很大的程度上改变了他们的日常生活。乌孙国由昆莫掌政，相大禄及左、右大将辅佐。按惯例，他们是昆莫的亲属、军官或者贵族家世成员。

这些都是有史料佐证的相关知识。乌孙国的政权，是昆莫通过下面的长官"别克"们来掌管的。历史上的乌孙人是古时生活在伊塞克湖—塔拉斯地区、以赤谷城为中心的居民。生在伊塞克湖、又叫"艾达尔别克"的我难道是乌孙人的后代？不只是我，我哥哥叫库尔曼别克，弟弟叫毛利多别克，在散吉拉（部落族源史）中，我们是 500 年前统一吉尔吉斯的塔尕依比（族长）的后代。当今吉尔吉斯男子名字的百分之七八十都加有"别克"，这应该是跟他们的先祖有关……

没有忘本的夏特人

来到夏特的第二天晚上，我与当地乡领导以及新相识的亲戚们一起在别列克部落巴帕氏族的撒帕尔尕兹·图马尔家做客留宿。按照柯尔克孜民族传统以及祖先招待客人的礼仪，他们在当晚宰羊并摆出丰盛的食物来款待。就餐期间，我们交换了有关祖先历史、民间习俗及工艺的意见，进一步拉近了关系。

撒帕尔尕兹年龄与我相仿，小我两个月，我相信他对自己先祖的历史肯定是自小耳濡目染，相当清楚。他父亲是1932年迁移到此地的，非常了解这段历史的我给他们讲述了当时的情况。那是上世纪30年代初的苏联，吉尔吉斯加盟共和国也开始执行集体化政策，即聚集个人所有，夺来富农的财产及牲畜，建立起人民所有的经济体系。当时，要将富人的牲畜、财产没收，将它们的主人称为"巴依、马纳普的种"（贵族后裔），定为压迫人民的敌人，将他们流放到西伯利亚和乌克兰。这期间，不愿被整治驱赶的大部分贵族逃往中国、阿富汗、巴基斯坦等国家，并在那里定居。这家主人——撒帕尔尕兹的父亲，也是在那艰难、危险的时代为保性命而来到此地的。说起别列克的后代，吉尔吉斯至今仍认为他们就是"王公贵族的后代"，而在上世纪30年代，他们几乎都成了"人民的敌人"。

知道这段历史的人们，包括撒帕尔尕兹自己，也都很自豪地讲述了他们的历史。据说撒帕尔尕兹的父亲是个有才华、有手艺的人，曾于1955年前往北京参加国庆大型民族歌舞表演。他的库姆孜弹奏获得奖励，使他成为那个时代这地方的名人。如果是普通的弹奏家，他不可能被挑选上，也不可能获得荣誉。大家异口同声地说他还是位著名的猎手：1956

年全区成立大会的骑射比赛（在飞驰的马上射下用马鬃毛尾巴做成的细绳上栓着的硬币，或者是射下旧时代马蹄里灌的黄金），在进入决赛的 14 名著名射手中，他荣获第一。这说明他父亲是各方面才华出众的人，是将民族文化、风俗习惯和传统艺术代代相传的爱国人士，是民族的骄傲。即使如今已经不在人世，事迹依旧被人们称赞、歌颂。

深夜前来展示自己才华的歌手、库姆孜弹唱家、手风琴手们给我们留下了难忘的印象。他们熟练地演奏民间古老的歌曲，以及如今在柯尔克孜族、哈萨克族时尚的年轻人间流行的歌曲。这不仅使我无比高兴，也让我万分惊讶。尤其是从邻近乡村邀请过来的玛纳斯奇年轻人说唱《玛纳斯》，更让人激动不已。我根本就没有想到，会在中国领土上，听到用被誉为"20 世纪荷马"的萨亚克巴依·卡拉拉耶夫的复杂曲调说唱的《玛纳斯》。这在今天说唱《玛纳斯》的国度吉尔吉斯也是鲜有的。也许这位祖辈来伊塞克湖的布谷部落的青年玛纳斯奇受过先祖的启示。因为玛纳斯奇的发源地是伊塞克湖，而优秀的玛纳斯奇多来自阿热克穆尔扎氏族。确实是这样，几乎所有伟大的、有影响力的玛纳斯奇正是从此氏族中诞生。吉尔吉斯人自古有言："血浓于水""代代相传"。总之，在看到、听到柯尔克孜族民间文化、母语、民族工艺的传承后，我为民族的精神财富感到自信。学者们通过对乌孙墓、焉耆（喀喇沙尔）古城废墟的各方面考据，尤其是对口头谚语、方言的研究，肯定能有关于历史、文化的重大发现，发现中、吉两国柯尔克孜族之间的渊源！

我在特克斯的弟弟

回伊宁的路上，到特克斯县时，我们的司机在食堂给我们介绍了他名叫巴格达特的朋友，是个稳重而率直的小伙子。这位高个子、有着坚硬的黑头发、炯炯有神的黑眼珠的40岁左右的骑士，也是别列克王的后裔。我给他讲了其祖先别列克被拥戴为王的故事及其在吉尔吉斯历史中的作用等我所知道的点滴。

也许耳闻其祖先历史而兴奋不已，也许是自豪于我是他的氏族兄长，他决定把我带到山上（约100公里开外），给我看他的劳动成果。他制作骆驼奶和马奶，并带领游客游览此地。他拥有放牧所需的棚屋、草原和牧人，说条件相当好。

多么神奇的大自然！直冲云端的白皑皑的古老雪山充盈眼帘，山坡和平坦的草原都浓绿醉人。在清澈的蓝色天空里，几朵棉絮似的白云漂浮着。从喧哗的城市来此处，深深

柯尔克孜族竞技

呼吸此处凉爽、干净的空气，在此地宁静地休息一天如同休息了一个月，全身顿觉舒服。自古以来骆驼奶和马奶以能治疗肺病、神经病以及内脏疾病而闻名。广阔而神奇的土地让我遐想无边。

虽远在他乡，我依然遵守祖先的传统，在半山腰上向这位贵族后裔的弟弟送了顶白毡帽。他的诚心款待和亲人般的热诚，让我满心欢喜。听到我讲述先祖历史的温暖话语，受到为他而行的民族传统礼节，他也难掩心中的欢喜，都表露在他眯起的双眼、满意的话语和开怀的笑声中。在我们心怀喜悦返回的路上，他给了阿依肯一罐骆驼奶，让我们路上解渴。先祖的传统就是这样。

寻找的人出现了

从山上回到特克斯时，阿依肯的手机突然响起。我离开吉尔吉斯斯坦时，我们杂志社的设计师沙丽塔娜特向我请求，若我有时间和条件，帮她寻找一下她婆婆的亲哥哥别克什。他当年逃到中国，到特克斯时和家人走散了。我们去往阔克铁热克和夏特时，曾将这个请求告诉了特克斯县的托克托尔·卡尔穆沙克，并将我们的联系方式和要找的人的姓名等信息留给他，希望得到相关消息，如果能找到本人或其家人，最好能让我们见一面。他们找到了他的大儿子！通话之后，我们来到了约定地点。一个中等身材、络腮胡子的人在那里等着我们。相互寒暄之后，知道别克什老人早已去世，生前说过自己有一个妹妹，还常念叨，要是活着能见一面，哪怕是听到她平安的消息，他也死而无憾了。这番言语勾起了我对那段悲惨历史的痛苦回忆，它曾让多少朋友、多少亲人失散流离，带着无限的遗憾离开人世！即便如此，能得到他父亲无从得见的远方客人的亲切问候，他还是欣喜万分地表达了自己的谢意，留给我他自己的地址，并再三请求帮他联系亲人，方便今后往来。我给他照相留念，告诉他相片一定带过去给他亲人看。

总之，不论是在哪个大洲、哪个国家，人类总需要亲戚，需要血缘关系相近的人，与这样的亲人一起生活、交谈、分享思想，在相互帮助中减轻压力，从而享受生活。孤独削减人类智慧、让人们失去幸福。人类的思念是没有界限的。对此，我不给大家说个例子，恐怕不行。

乘马车游伊犁

伊犁旅游街

我们从特克斯返回伊宁市时，来了一个和阿依肯在上海一起上大学的名叫别克吐尔逊的同学。他也是布谷部落的巴帕氏族人，我也给他讲述了祖先的历史：巴帕的母亲是众所周知的布谷（鹿）之母，父亲是阿勒穆赛依特——穆尔扎库力的儿子。穆尔扎库力是阿热克穆尔扎的亲兄弟。

　　深入研究别列克汗王的历史并将其编写成书的萨日别克·白先别阔夫在其《别列克汗王传》一书中写道，"巴帕的长妻奥力亚特生下九个男孩。当巴帕的哥哥加木古力去世时，他说：'真主呀，别带走哥哥，带走我们吧。'他泣不成声，领着自己的九个孩子，让他们一个拽着另一个的衣角，绕着哥哥的病榻转了七圈，恳求真主留下他的哥哥，但他哥哥还是离世了。没过多久发生意外，巴帕的四个孩子受凉，不治而死。奥力亚特对巴帕不满意地说：'巴帕，你那是违背胡大（老天）的旨意，胡大知道他想要带走谁。'于是她领着 库巴克、曼之两个儿子，翻越阿拉套山回自己娘家。布谷妈妈把奥力亚特看作是自己从阿拉套山背面带过来的亲妹妹。她穿越伊塞克湖与哈萨克人比邻而居。"当时奥力亚特夫人 安顿下来的地方正是邻近哈萨克斯坦东南角的中国的特克斯县！这就是巴帕部落迁移到新疆的历史。

　　我的先祖阿热克与穆尔扎库力是亲兄弟呀，因此我把别克吐尔逊当成了自己的弟弟。得知巴帕汗王是他的先祖、自己是汗王的后裔，对于他来说是莫大的新鲜事。他也因为有了我这个哥哥而万分欣喜，把我当成自己人，畅快地聊天。亲情对于我们如同空气对于人类般重要！尤其是分散流离的吉尔吉斯人……

和蔼可亲的居努斯老人

阿依肯说有人打过电话，居努斯老人马上要过来。是昨天别克吐尔逊弟弟给了他我们的电话。为了不麻烦老人，我们特地到楼下宾馆门前迎接他。

没过多久，匆匆走来一个中等个头、和我们模样相似的微胖的老人，应该就是我们在等的柯尔克孜族老人，我们赶紧迎上前去握手问候。他名叫居努斯，专业是兽医。他从兽医技校的老师做起，后来成为校长，再后来将技校扩大成学院，并亲自领导这所学院直到退休。没过多久，又来了一个高个头、皮肤白皙、四五十岁的知识分子和我们握手打招呼。他也是当地人，是大学老师。两人都是文学和历史爱好者。我们就他们的个人生活、民族历史等问题探讨良久。我告诉他们，此行目的是考察新疆柯尔克孜族、哈萨克族、维吾尔族、蒙古族等少数民族的历史、文化，所以如果他们能够给我们提供这方面的资料，对将来我们写书有很大的帮助。他们说会尽最大的努力帮助我们，还说可以到博物馆参观，并介绍了会对我们有帮助的参考书。

老人遗憾的爱情

75岁的居努斯是个善于言谈、风趣开朗、孩子般天真快活的老人，是个轻易不服老的壮志满怀的知识分子。谦虚的他笑语连连地给我们讲述他人生中有趣的经历。当我们听到他的妻子是维吾尔族时，好奇地问，为什么当时娶了维吾尔族姑娘？因为在那个年代和外族通婚是不符合民族习惯、而且不能让亲人接受的事情。难道就没有看上哪个柯尔克孜族姑娘？

"哎，有过，而且是最美丽、最好的姑娘。"这么说着，他脸耷拉下来，"看样子，不给你们说说是不行了。给你们讲讲我生命中的一段历史，你们不要认为我是个老不正经、不知羞耻的人就可以了。每个人都曾年轻，也都会老。"这么说着，他开始给我们讲他20岁出头时的难忘经历。那时候，他刚从兽医专业毕业，来到乡里工作。积极返乡工作被认为是光荣的事情。他和在伊犁师范上学的美丽姑娘阿依苏鲁（月亮美人的意思）互相爱慕，正好哥嫂催他结婚，于是他决定娶这个姑娘。根据他俩的事先约定，阿依苏鲁放暑假回家探亲，会带着一个女伴前往居努斯生活的乡村。

居努斯决定到村边接上她，带她到哥哥家里来。可是那天她没出现，第二天也没出现，第三天也不见心上人的影子。两个姑娘好像突然掉进地窟窿似的，没有任何音讯。到底出了什么事情？是不是在路上出交通事故了？还是在路上两个丰满的姑娘被人抢了？居努斯万分焦虑，他在公安局当局长的叔叔也四处打听，最后找到姑娘们乘坐的汽车的司机。司机说，有一个穿着讲究的年轻人半路搭车，一路油腔滑调、甜言蜜语，肯定是打动了她们，不到目的地她们就跟着他下车了。还真是如此。路上见过她们的人也这么说。为女子的轻浮、单方面毁约恼羞成怒的居努斯，将她彻底从自己的生活中划掉。感觉在众人面前丢丑的他，很久抬不起头，变得消沉。

就在这样昏天黑地的日子里，邻居维吾尔族姑娘给他送来了温暖。她是一个可爱的、遵守穆斯林规矩的孝顺姑娘，父母是德高望重的富贵子弟。渐渐地，居努斯被身边这个懂规矩、体贴自己的姑娘所感动。但是娶她几乎是想都不能想的事情，因为那个时候两个民族的传统都比较守旧，而且坚决反对异族通婚，认为是丢人现眼的事情。不该发生的事情发生了。尽管居努斯家人终于同意他迎娶维族姑娘，但姑娘的母亲和大哥坚决反对。他们哭闹说，不知如何面对父老乡亲，于是将姑娘锁起，并决定将她许给其他维吾尔族人家。这时候，忠于自己爱情的姑娘从家里逃出，跑到居努斯家里。本来就被吓坏的居努斯，更是担心女孩会为自己丢了性命，几乎要放弃追求她的念头。

不得了了！从后面追来的姑娘母亲和哥哥大闹特闹，根本不听劝说，还扬言要把两个伤风败俗的家伙杀掉。最后姑娘的父亲终止了这场闹剧。"我同意！"他说，"两个民族自古就有通婚的先例，我相信我女婿的智慧，相信他不会欺负我女儿！"他给了两个年轻人祝福。在那个时代，破例追求爱情，可是需要很大的勇气的！

"后来我才明白岳父当时为什么同情我这个陌生的女婿。说来话长。岳父 1920 年跟着自己的维吾尔族老乡前往吉尔吉斯托克马克市的巴扎（市集）卖牲畜，回来的路上突然生了病，他赖以信任的同伴们都丢下他走了。这时候，有一个陌生的吉尔吉斯人把他带到自己家给他医病治伤，看护了整整一个冬天。开春之后，才叫他回自己的家乡。吉尔吉斯人告诉他，家乡的人民和家乡的水土永远珍贵，并给他备了马，指明道路，直送到中国和吉尔吉斯的边境。说到这里，岳父对他的大儿子说道："我差一点死了，是吉尔吉斯人保住了我的性命，我永远欠他们的。如果不是他照顾我，那你也不会来到这个世界上。你也欠吉尔吉斯人的！'就这样他终止了儿子的行为。后来他把这事对我说了。你们就是这样才拥有了一个维吾尔族婶子。"居努斯老人瞪大眼睛，半开玩笑似地结束了他的话。

"大婶确实把您看得重于自己的父母和传统习俗，太了不起了！您太幸福了！您岳父也是了不起的人物。"我们很是羡慕。

"是的，你们大婶到现在还跟从前一样，即使我们结婚有 50 多个年头了，也决不给我出轨的机会。"老人开玩笑似地大笑起来，"我一直很孝敬我的岳父，直到他去世。可不嘛，为了我，他舍下老脸，和自己整个民族对立！好几次，家族的长老聚起来找到他，劝说他将自己的女儿夺回，否则会给他的女儿造成负面影响。但这也不曾动摇他的决定。"

"不说不行，家里的碗筷还有碰撞的时候，好几次我和你们大婶气得肚子胀的时候，都是我对岳父的敬畏打消了我的气焰。他也对我很满意，把我夸上了天。他确实是个很有智慧的了不起的人。"

听着这动人故事，我不禁关心起没有赶到目的地的阿依苏鲁的命运来。

"她确实是带着她的同学前来找我，"可以听出老人声音里无限的遗憾，"在那个艰难的时代，几乎所有的姑娘都倾慕那些衣着得体、风度翩翩的男子，更何况是和这么有涵养的男子半道搭伴。他当然被美丽的阿依苏鲁迷住了，姑娘也被潇洒而谈吐优雅的青年弄昏了头脑。他哄她们说，先吃顿饭，之后他保证要用其他车亲自送她们去目的地。由不得她们推辞，便将她们拉下车。后来又在餐厅里骗她们，硬逼她们喝葡萄酒。可怜滴酒不沾的阿依苏鲁和她的同学，两杯酒下肚便不知方向，被那鸟人带到他朋友的房子里过夜。将理智连同羞耻一并丢进黑暗中的阿依苏鲁，怎么还有脸面再来见我……就这样她们踏上了归程。"

当我们问及他俩后来的命运时，他说：

"后来那个花花公子因为阿依苏鲁有了身孕，不得已娶了她。因为那时候，毁坏女子的声誉是会对他今后的工作和前途都有极坏影响的。但是后来他们还是离婚了。"

"她老公不知是因为什么原因丢了官职，就酗酒打老婆。不堪忍受的她和他生活了20年之后，带着两个儿子和一个女儿离开了他。他们的子女还都挺优秀的……"

"您后来还见过阿依苏鲁吗？"我被他们波折的命运而触动，不由得问了起来。从居努斯老人的声音和神伤的目光中，可以感到老人至今还在思念阿依苏鲁。

"都讲到这里了，我就彻底把故事讲完吧。要是传到你大婶耳朵里，她会要了我的命！"他说完，又哈哈笑了个痛快，"人的命运很有趣，我后来又见过她两次。"他这么说着，又沉浸在自己遗憾的痛思中。"那是她没能赴我们之约的三四年后，我在伊宁的大街上碰到她。她目光呆滞，脸上没有血色：'我们有一个儿子。我被骗了，我丈夫根本不是外表看上去的那样，可能……应该是我造的孽吧，我怎么也不能忘记你。他知道我还爱着你，所以天天都在骂我、折磨我……'阿依苏鲁不住地流泪。我带她去近处的食堂吃了一顿饭，安慰她：'现在后悔已晚，该发生的都已经发生了。你还是好好地和你丈夫生活下去吧。'也是，我已经娶了一个贤惠的老婆，而且有一个那么好的岳父，我怎么能做对不起他们的蠢事呢。诚信是一个人的德行中最重要的，不是吗？阿依苏鲁用她哀伤的眼睛望着我，恋恋不舍地离开了。我相信，如果这时我要提出和她结婚，她肯定不会拒绝我。"

"后来，我们在伊宁市的一个教师会议中又碰到了。她头发过早花白，面容憔悴，不过'好瓷器掉色不掉瓷'，她还是风韵犹存。还是说，就我一人有这样的感觉……当时人也多，只能客气地寒暄，会议结束之后我们才有机会见面。我叫她来，她就来了，可怜的人。她告诉我两三年前和她丈夫离了婚，孩子都长大了，她现在和小女儿一起生活。她还不到 40，不知道今后的日子该怎么过，想不到一失足成千古恨！可怜她的心中还有我！感情永远不会老。我也感觉自己在沸腾。但是，怎么说呢，我也儿孙满堂，和她结婚已经不可能了……那以后，再也没有见过她。10 年前，我听说她已经去世了。"居努斯老人深深呼了一口气，"是啊，一时的糊涂，真的能毁掉不少人一生的幸福……"他忧伤地结束了他的故事。我们所有人都陷入了沉思。我们又能说什么呢？

赛里木湖 …… 肚脐相连吗?

从伊犁向北行驶 150 公里山路,就来到神奇的赛里木湖。当地人称之为"赛拉姆淖尔"。绿宝石一般神奇的湖水会融化在你的眼里,让你永生难忘! 那条通向湖水的山路,也像神话故事般神奇。

孩提时候就听说过这湖的名字,万般惊讶。我听到的故事是这样的:曾经有一个伊塞克湖人到赛里木湖去探亲,回来时为让他出汗的马匹凉快一下,催马下水,一着急掉进赛里木湖水深处。过了一阵儿,马肚带崩断了,沉重的银质马镫拖着马鞍和其他铁家伙一起沉下湖水。那么深的湖水,伊塞克湖人上哪里去找他的马鞍! 他无奈地踏上回乡的路程。让人难以相信的是几年以后发生的事情。那个人沿着伊塞克湖漫步,却找到了几年前沉入赛里木湖底的他的马鞍! 天啊,它是怎么到这里来的? 秘密是什么? 从那以后就有"伊塞克湖和赛里木湖肚脐相连"的传说在民间广为流传。确实,两座湖很相像! 同样清澈,同样湛蓝,都在高地,四周群山环绕,好似盛满天堂圣水的神奇的圣碗。

伊犁哈萨克自治州和博尔塔拉蒙古自治州交界处山顶上的赛里木湖,是新疆引以为豪的、景色秀丽的神奇宝地,是游客们的旅游胜地。凉爽宜人的气候让你陶醉,啾啾鸟鸣更让你沉浸在一片宁静中。正是湖岸边小小黄花盛开的季节(从5 月底到秋天),碧绿的湖水被裹在小小的金黄的花束中,点缀着白云的蔚蓝天空则与之遥相映衬,真可谓人间天上! 伊塞克湖东南岸有漫山怒放的火红的花朵,映得湖水火红;而这里,是金黄的海洋!

湖沿岸没有居民定居,夏天只有少数放牧的和接待游客的人在这里消夏。每年 7 月底至 8 月初,赛里木湖的哈萨克族和蒙古族在这里欢度自己的民族节日——那达慕大会。这是难得的宴庆的好地方。

奇怪的是，关于这座湖有多深，我们的随行人员和当地人没有人知道。他们告诉我，也许是至今没有具体勘探过，否则应该会有确切数据的。

到处是苍劲挺拔的松树、柏树和厚密的巴丹树。时值 5 月中旬，山阴面仍披着银装。我们正饱览神奇的美景、拍照留念时，来了一个小伙子，用汉语跟我们打招呼，问我们要不要骑马。我们问了价格，得知差不多相当于 200 索姆，很便宜。我又不是没骑过马，所以没有靠近。况且那马还是蒙古马，又矮又瘦，真担心我的两条腿会拖在地上。大概只有对从北京来的黄静来说，骑马才是件很新鲜的事情。她在马上拍了各种姿势的照片，并让那人牵着马去了很远的地方才返回。

我问马主人，得知他是乃曼部落的哈萨克族人。每年夏

赛里木湖的回眸

季的两个月间，他为挣钱来到这里，让游客骑他的马到山脚，带他们进那里的毡房喝马奶、酸奶、牛奶，之后收取服务费。他说哈萨克语，我说吉尔吉斯语，两人顿时很亲近。我试图从他那里打听些有关湖的秘密。我们了解到，湖面的海拔高于 3000 米，冬天湖岸很冷，常刮大风（我们去的时候，也被扑面的凉风吹得直颤抖），湖面是一层结得厚厚的冰。这样的严寒，使得这里在冬天荒无人烟。

看够赛里木湖后，我又被通往赛里木湖的山路震惊！从伊犁过来的时候，就被横穿矮山山脊的柏油马路所吸引。一米多厚的沥青铺了 10 到 15 米宽，而路边几公里则是鸡蛋都过不去的铁丝网，直铺到山顶！这是对山路的情况和行驶者的安全充分考虑的结果。直通山顶的路面像镜子般没有一个坑洼之处，马路的宽敞就更不用提了。当看到所有的路面都朝一个方向、几乎占了半个山腰时，我们张大的嘴良久没有合上。路不是沿山腰往上爬，或者从山顶往下滑，而是建成了将两座山相连的吊桥，使车辆穿梭在两山中间。吊桥离地面 150—200 米不等，撑起厚重的水泥路，纹丝不动。路中间是很厚很结实的隔层。绿色森林中间的平坦的山路在阳光下闪闪发亮，你会坐车放心地穿过延伸几公里的山洞。这样的道路，你不亲眼看见是很难想象的。从这座山到那座山、一个比一个高的纵横交错的吊桥，一个个打穿的山洞让你目不暇接。这才叫造路的巅峰！绕着这座山的是高近 3000 米、长约 150 公里的环山吊桥公路，只花了五年的时间就竣工，怎能不让人惊讶！

为了让游客们饱览赛里木湖的风光，尽情享受大自然施予的宁静，舒展身体，休息、放松，这里提供美味的民族餐饮和设施完备的休息场所。宾馆有楼房和毡房可供选择。毡房的地面都是用木板钉制的，屋里的用具也很别致，民族风格的铺盖、绣毯、箱子等都很奇特。这里的服务和饭菜质量不比城里差到哪里，你可以进任何一座毡房美美地吃一顿。要是你很饱，可以喝杯茶、咖啡，来碗酸牛奶、马奶或者冰水。可以躺在舒适的沙发上或是厚厚的褥子上，伸着懒腰看电视。你尽可随意，只要你不破坏这里的规矩。山顶上的毡房、高层宾馆全部是太阳能供电，设备齐全。这是我们吉尔吉斯斯坦目前还做不到的。

在喀什

古老的喀什

2008 年，联合国教科文组织世界文化艺术发展基金会举行"马赫穆德·喀什噶里诞辰 1000 年"纪念活动。这一历史性纪念活动在土耳其首都安卡拉召开，期间举行了欧亚大陆操突厥语民族作家有关马赫穆德·喀什噶里的小说作品竞赛。我参加了吉尔吉斯的竞赛，获得第二名，从当时的土耳其文化部长手中接过奖项。记得当时我激动地发言："这个荣誉对我来说是很珍贵的，因为我就是生活在距离马赫穆德爷爷出生地不到 100 公里的地方。"我因著名学者马赫穆德爷爷而骄傲，被他留下的历史巨著而震撼。真渴望将来能有机会到马赫穆德长眠的喀什去给亡灵念念《古兰经》，尽一个普通穆斯林后人该尽的义务。

不知道是不是圣人的亡灵保佑了我，四年以后，我又一次在两年一度的文学大赛中获吉尔吉斯头奖，并在 2012 年 12 月 22 日那一天应邀前往土耳其首都安卡拉领奖。在那聚集了操突厥语民族国家著名作家、学者、文学家的大型庆典中，吉尔吉斯人民诗人奥莫尔·苏力坦诺夫站在高高的讲台上，评价了马赫穆德生前所画的世界地图，并以多篇学术研讨会中的学术论文作了详细的论证，让诸位学者"大开眼界"。那次我又一次渴望自己能有机会去马赫穆德爷爷的墓前，尽穆斯林的义务念个经，尽管当时这对我来说好像是天方夜谭或是痴人说梦，但当时我确实是用心地渴望了一番。

吉尔吉斯俗语说得好："好的愿望是成功的一半。"我可望不可及的愿望半年后意外地实现了。

在比什凯克的时候，我曾经将我的愿望告诉了阿依肯。她及时反映给了北京的项目负责人，在他们的支持下，我的愿望奇迹般地得以实现。

5 月 12 日中午，我们离开乌鲁木齐市，乘飞机抵达喀什市。从七八千米高空俯瞰，这里一派荒凉。干枯无边的戈壁，能看到手掌般大小、稀稀拉拉的灌木丛就是惊喜。若不是碰到小村庄，那一望无际的灰蒙蒙的戈壁和沙滩能无限伸展。我感慨，这荒芜中的人们怎么会忍得住寂寞，又是怎么生存的。在这样艰难的自然环境下求存的人类，真的是了不起！劳动，肯定是辛勤的劳动换来美好生活！团结、互爱一定给生活在这里的人们无穷的力量，让他们奋发向上。

　　对外宣传部门的副主任前来迎接我们。他是一个笑容总挂在脸上的年轻小伙子，和比他大 10 岁左右的清瘦精干的司机一起赶来。

　　喀什像在飞机上看到的那样，周围是灰蒙蒙的荒野，很像我们的巴特肯州。这是个古代文明和现代化进程相融合的城市，距离市中心几公里的西南高台上的老城遗址能让你领略到这一点。在高台上，你会想起古时候"一千零一夜"里的古堡，而古堡旁边则是现代化的建筑设施。和古时候一样的巴扎里牲畜喧闹，卖货的在叫卖自己的货物。清真寺祷告的声音响彻耳畔。古城狭小的道路上，来自世界各地的游客坐在装饰得很美丽的大篷车里。柏油路上哒哒直响的马蹄声，插入云端的高大楼房，穿梭不停的汽车，载着不同肤色、来自不同国家客人的飞机一架接一架地飞向湛蓝的天空，这一切令人感觉好像是突然掉进两个世界的交叉点，惊讶不已。可不，具有两千年历史的城市，就是这般多彩。人民也是多民族的：虽然维吾尔族占主流，但是汉族、哈萨克族、蒙古族、回族和柯尔克孜族等其他民族也像一家人似的和睦生活，没有民族歧视和压迫。

城市的东方是世界上最大的内陆河水库，南部是塔克拉玛干大沙漠。塔克拉玛干的词义是"一去不返"，不过这是过去的说法。当今的塔克拉玛干沙漠已经和其他地区一样，具有适合人生存的所有条件。喀什是灰黄的戈壁滩上珍奇的绿洲。喀什噶尔，或喀什，是古代从中国内陆直到欧洲罗马帝国的"丝绸之路"上必经的商队驿站，是漫长、艰难的路途上休息并补充给养的场所。从喀什，可西出费尔干纳到欧洲，南下佳木至克什米尔、印度，北上乌鲁木齐、吐鲁番、北京，商队不曾中断过。

喀什现在的总面积为 16.2 万平方公里，2003 年人口普查人数为 57 万人，到今天人数肯定增加了不少。根据那次普查，在喀什有 5811 个柯尔克孜族人生活。

城市坐落在天山、昆仑山和帕米尔高原的交界处。土壤适合植物生长，棉花、葡萄等各种农作物收成很好。城市旁边有铁矿。通过吐尔尕特和伊尔克什坦口岸可到吉尔吉斯。

坐着车飞驰在宽广的道路上，看到土坡上用灰泥巴糊着的、没有屋檐的旧房子，放眼望去很是滑稽。可不，今天大发展的城市中心，突然冒出旧时代灰溜溜的、似乎马上要倒塌的土窑，既扎眼又让人难以理解。原来那是喀什老城遗址。当我问为什么不拆掉这大煞风景的土窑时，陪同人员说："这段老城遗址可以时刻提醒我们，珍惜今天现代化的生活，不忘曾经经历的艰难困苦。因此需要保存。"太正确了。忘记过去和历史的人不会珍惜今天所获，更不会拥有明天。

老城的商业生活价值到今天并没有完全丧失，那些土坯房子里还生活着当地居民。我们目睹了在宽度仅容两条拉货毛驴通过的狭窄道路旁叫卖手工艺品、食品、蔬菜、水果的地摊商贩们，知道他们在延续这座古城今天的生活。

　　在喀什逛街是一种享受，到处可以看到鲜明的对比。人们有着不同的外表、肤色、不同的穿着打扮、不同的语言，从风俗习惯到建筑形态……真是风格各异，怎么逛都不觉得累。

　　比起汽车，这里电动摩托车更多。从年轻小伙子、戴头巾的小姑娘到长满胡须的老年人，都稳坐在摩托上，穿梭在街市中。用前后座将子女或朋友驮上的人更多。电动车的好处是，不必加臭气熏人的汽油，只要晚上充一次电，第二天就可以骑上一天。随便什么样的崎岖小道，任你骑。最重要的是环保！

　　作为一个穆斯林，我很自然地观察到那些圆顶、四周有尖塔伸向天空的一个比一个壮观的清真寺。当然了，我也注意到佛寺的存在，还有屋檐翘起的中式建筑。这说明这个城市信仰自由，有伊斯兰教，也有佛教。

卖筐篮的商贩

学者墓

前面提过，根据我们的请求，他们带我们去喀什以南 50 公里的乌帕勒乡参观马赫穆德·喀什噶里的墓地。和我年龄相仿的区文联和市文联的主要负责人陪同我们前往。一路上他们认真耐心地回答了我的提问，真是非常谦虚而恭敬的干部。我的印象中，在其他国家，像他们这样的官员多数架子都是很大的。

在路上，我在网络、书报上读过的信息涌进脑海。

马赫穆德·本·侯赛音·本·穆罕默德·喀什噶里，11 世纪操突厥语民族著名的百科全书家、语言学家、历史考古学家、地理学家、制图家、方言学家和民族学家。

马赫穆德·喀什噶里深受中世纪"伊斯兰教复兴年代"的影响，精通突厥语和阿拉伯语，是一位用阿拉伯语将自己民族的文化广泛传播的学者。

他的杰作《突厥语大词典》，应该是 1072 年—1077 年间以阿拉伯语在巴格达完成的。《突厥语大词典》收录了 7500 多个词条，300 多条谚语、格言，200 多首诗歌。在著作的前言部分，他特别写道：该书献给阿巴斯王朝的哈里发穆克台迪。喀什噶里作品的手抄本保存至今，并珍藏在今天的伊斯坦布尔民族图书馆中。巴格达和吉尔吉斯几世纪以来的文化联系之一，就是《突厥语大词典》。

这位在东自阿尔泰和甘州，西至伏尔加河流域的广阔区域生活的操突厥语民族的代表，在喀喇汗统治年间考察以天山为中心的居民，认为他们是与自己很近的民族，并写下关于他们的意义深远的历史文献。马赫穆德·喀什噶里在《突厥语大词典》里称，柯尔克孜人自古在天山地区生存，天山东部的柯尔克孜族自喀喇汗时代就开始信仰伊斯兰教，而且柯尔克孜族语言是最原始的突厥语言。

吉尔吉斯文化部称《突厥语大词典》是"一颗永远发光的文化宝石"。马赫穆德·喀什噶里的作品不只以人类本身为主，而且深入反映了人类生存的环境，以及那个时代的社会团体、文化知识阶层等情况，因此成为那个时代突厥语民族的内涵丰富的百科全书。

马赫穆德·喀什噶里令中世纪天山突厥语民族的绘图水准达到登峰造极的程度。这部著作通过对突厥语言的语音、语法、词汇深入的研究，将突厥、土克曼、乌古斯、奇吉尔、样磨、吉尔吉斯（柯尔克孜）等民族的语言学、民族学、民俗学、地理学、历史学方面的有关信息传至现代。

我们来欣赏一下《突厥语大词典》中收录的诗句。

圣人艾尔托尧的挽歌

圣人艾尔托尧去了吗？
珍贵的财物留下了吗？
命运讨回了他的债，
撕心裂肺的时刻终于到来。

光阴逝去，时代更改，
暗害的陷阱已在等待，
别克在欺骗别克，
命运的安排怎能逃脱？

时间追赶着日辰，
人已经筋疲力尽。

要带走我们的男子，
要将逃跑的他追及。

命运对谁都是一般面孔，
在它面前我们人人平等，
当老天瞄准要发射，
山的顶峰定会碎裂！

当死神已经瞄准你，
谁能侥幸逃得过去？
张弓搭箭射向群山，
它的胸口要崩散。

别克们因为失去了圣人，
在无尽的哀伤中沉浸，
颜面灰黄无血色，
苍白凋零难分别。

像豺狼般哀嚎，
哭着扯烂了衣袍，
耳畔是嘶哑的喊声，
眼睛已经哭肿。

情感沸腾，要燃烧，
伤口的血在往外冒，
让我回忆一切过往，
白天到夜晚再到天亮。

岁月让他衰老，
失去了昔日的光耀，

终于来了，无奈的日子，
伟大的别克双目紧闭。

智慧的他已停止呼吸，
世界早将他粉碎。
尊贵的他已经老去，
蹒跚着离开了人世。

　　如是，回忆着关于伟人的故事，车子飞驰在横穿灰黄戈壁的、镜子般平整宽敞的路面上。从喀什向南一个小时之后，来到一个有着远古时代城堡一般的土坯院墙的村庄前。他们告诉我这里是维吾尔村庄。五分钟之后，亮闪闪的柏油路，便把我们引到有大门挡着、生长着茂密树木的一座小山前的土墙根下。这就是埋葬圣人马赫穆德的奥坡勒山麻扎（圣人死去、后人祭奠的地方）。迎接我们的是进门处"伸长了脖子"的尖塔。圣人的雕塑高耸在那里。前往山顶圣人墓的山坡上，还有穆斯林的清真寺。敬拜圣人亡灵的人都到那里脱了鞋，念经祈祷。

　　沿山坡向上爬，一路上是马赫穆德先祖亲手栽下的怀抱不过来的柳树，挖得宽而深的沟渠里流淌着千年的泉水。旁边是个很大的泉眼，从地下涌出来的清清的泉水细长蜿蜒地向下流去。陵墓上方盖着很宽敞的穆斯林式的房子。蓝白色的颜料喷写的阿拉伯文字诉说着久远的历史。

　　我们怀着崇敬的心情参观了博物馆。进门处，油画上沉思的马赫穆德先祖凝视着我们。我们参观了关于他图书的翻印本和一些属于那个年代的物件，之后进了一个单间：齐腰高的台阶上是用黑色金丝绒盖着的棺墓。一侧写着"1008——

马赫穆德雕像

1105"，上方是用阿拉伯文写着的姓名。清瘦美丽的讲解员认真地给我们讲解。

"圣人的尸骨就埋在此地。马赫穆德·喀什噶里出生在喀什市，并在喀什长眠。"她这么机械地重复着熟练的话语。

我的思绪如野马般奔腾。残酷的命运之神没有放过这样伟大的生命，轰轰烈烈、千变万化的生活，到头来是一场空。我感叹人生的虚妄、短暂而又深远，欲哭不能⋯⋯

唉，遗憾！不管你有多么伟大，终究要离开这个人世！但伟大的业绩不会磨灭！时间像流矢般飞逝，人类因为所做的业绩而永存！马赫穆德先祖就能证明这一点⋯⋯

不知是他们察觉了我纷乱的思绪，还是因为他们也和我一样都沉入了遐想，陪同的中国学者们也好，翻译阿依肯也好，都沉默无语。我们一起在伟大的马赫穆德墓前拍了照。我们伸出手掌，摸着他的墓虔诚地转了一圈，一边祈祷，一边祝愿。为人类智慧宝库留下光明而伟大业绩的马赫穆德，他人生的最后一段光阴，就在这座奥坡勒山度过。山坡上、山脚下满是一座座旧墓群，沉默无语。多少重要人物都在这里找到自己的归宿。谁在这个世界上留下了自己的足迹？谁又早早被遗忘？

马赫穆德先祖至今生辉的著作《突厥语大词典》中有这样一些话：

"知识——幸福的馈赠。"

"不栽不长，不求不得。"

"春天劳作，冬天享乐。"

"嘴不会因说火而被烧。"

"少壮辛苦，老来快乐。"

"两山不相撞，两人定相遇。"

"商量的事情能成，不商量的事情定败。"

餐厅奏乐

先祖这些名言警句，千年来回荡在我们的脑海中，至今陪伴我们，指引给我们光明大道，让人们的生活纯净。这就是伟人的伟大之处！他们展开生活的蓝图，让我们奋发向前。

在诗人的宇宙中

关于玉素甫·巴拉萨衮我很早就有所耳闻，从报刊杂志、网络信息以及各种学术刊物中有过很多了解，因为我们血脉相连。阅读学者坎杰别克·祁依卜洛夫的文章，会对伟大的学者有更透彻的理解。

玉素甫·哈斯·哈吉甫·巴拉萨衮是11世纪思想家、诗人和学者。他是整个突厥语民族，包括今天吉尔吉斯民族的前辈。他约于1016—1019年间出生于吉尔吉斯巴拉萨衮城，死于1070年以后，但具体哪一年不详。在国际学术研讨会上，来自世界各地的学者、研究人员对他于1069—1070年在喀什写就的《福乐智慧》有过达到世界水准的探讨。

中世纪对东方人来说是非常有意义的时期。这个时期是各国、各民族文化精神遗产互相影响的时期，拥有像肯迪、阿里·法拉比、伊本·西那、比鲁尼、伊本·苏尔这样伟大的思想家和哲学家，以及用他们天才的智慧和作品震惊世界的菲尔多西、鲁达基、欧玛尔·海亚姆、艾里西尔·纳瓦依、玉素甫·巴拉萨衮等伟大诗人。同时，东方在中世纪自然科学也迅猛发展，整体文化素质远远高于西方世界。如费尔干尼等的天文学成就，还有前面提过的学者、哲学家在自然科学方面的作品，代表着中世纪东方民族文化的繁荣和昌盛。伊本·西那所著的多部《医典》至今是人类医学的指路灯，也是东方阿拉伯、波斯及操突厥语民族共同的文化遗产。

突厥语民族以自己不朽的作品，为整个人类文化的崛起和发展作出了如奥坡勒山般巨大的贡献。阿里·法拉比、比鲁尼、马赫穆德·喀什噶里和玉素甫·巴拉萨衮等是永远值得我们骄傲的伟大的思想家。

即使没有足够的文献证明玉素甫·巴拉萨衮的身世，我们依据他的《福乐智慧》中关于他自己的诗句，以及以散文和诗歌形式书就的前言，可以推断他在1016—1019年间出生于巴拉萨衮城。巴拉萨衮位于今天吉尔吉斯斯坦楚河流域，是当时喀喇汗王朝（960—1212）的首都。

关于巴拉萨衮城，10世纪的阿拉伯作家阿里·马克迪西在他的作品里阐述道，这是一个有别于其他城市、人口众多、地域广阔的城市。一些当代学者依据历史文献和文物考证，提出巴拉萨衮城位于今天吉尔吉斯托克马克（比什凯克以东60公里）附近布拉纳城堡遗址所在区域。

作为伟大的诗人、学者、思想家的玉素甫，也是在自然科学方面有造诣的渊博之士。他的初等教育是在巴拉萨衮获得的，而他的高等教育则和当时其他操突厥语学者一样，在那个时期的文化中心——喀什噶尔的皇家伊斯兰经文学院获得。玉素甫精通阿拉伯语、波斯语，著有富于哲理、总揽所有系统知识的作品。作为他那个时代的著名知识分子，他在哲学、神学、诗歌、政治、象棋、艺术等领域也有自己独到的造诣。不止这些，他同时还在天文学、几何、算数及其他自然科学领域有一定的研究。这使他很快出人头地，成为那个时代的社会名流。

玉素甫50岁之后，在巴拉萨衮城开始写《福乐智慧》，最后完成于喀什噶尔城。他将这部由13290行诗句组成的长诗，献给喀喇汗王朝伟大的布格拉汗哈桑·本·苏莱曼，大汗因此封他为朝廷智囊顾问"哈斯·哈吉甫"。

个别学者认为玉素甫同时还有《政策书》和《百科书》

两本著作。遗憾的是，思想家的这些作品并没有传到我们国家。尽管我们不知道他在哪一年离开人世，但通过一些关于他的诗句，可以断言他是一位年龄超过先知穆罕默德的长寿学者。他死后葬在喀什。"文化大革命"时期，他的坟墓被红卫兵摧毁，只剩下陵墓的照片。目前伟大诗人的坟墓已按原样修建起来。近年来在北京和比什凯克也举行了纪念这位世界著名思想家诞辰975年的隆重庆典。

玉素甫在他包罗万象的《福乐智慧》中，利用诗句丰富的想象力，传达了复杂的哲理。说来真正的诗句是离不开哲理的。《福乐智慧》的教谕意义体现在，在智慧、教诲、行为规范、道德准则方面进行了一定的探讨，追求人类行为和精神的和谐，认为言行一致是社会发展的根本。诗人以他学者、哲学家、神学家及社会活动家的身份，在《福乐智慧》中充分展示了哲学、神学、社会、法律、政治、道德、美学等方面的内容，使得思想家的诗歌不单纯是教谕性诗歌，而是含有自然科学和人文科学的渊源，同时它也是整个突厥语民族文化遗产的最宝贵的纪念，即使说它是世界文化的宝藏也不过分。玉素甫的这部作品还有一个特点——它是突厥语民族最早的百科全书。思想家用自己母语写就的这本书，通过丰富的语言表达，使人们了解突厥语言的深层含义。民族和语言的命运是息息相关的，语言和它的构成与这个民族的思维习惯是紧密相联的。语言通过生命的变化得以发展，随着社会的不断向前发展，语言也越发复杂，语言能力也随之扩张。因此，《福乐智慧》是他为突厥语民族语言、思维方式及思想进步立下的丰碑。关于《福乐智慧》，世界各地的学者们至今已经写了几百篇从各方面深层论证的学术论文，发表了自己的观点和评价，称之为"获得喜悦的学问""获得幸福的学问""获得政治力量的能力""能够带来幸福的知识""适合帝王的学问""具有特异功能的学问""掌握政权的学问""建立国家的学问""掌握财富的学问"等等。

　　说起知识和学问，我的伟大同乡说："知识是海洋，无边无底，你怎么游，它都不会少，总是很满。""知识乃是敬守孝道。""知识和思想使得人类灵魂高尚，开阔公正。人们通过所学到的知识在精神和道德上得以进步。"他的经典名句是："所有的享受在知识中，伟大在于对事物的认知。"伟大的思想家以培养教育青少年为首要目的，为大众的利益着想，将自己的生命贡献给爱国事业。在这方面，他教诲道："不要以你自己的利益为重，要考虑他人的利益，这样幸福才会永远伴随你。"玉素甫以他的作品否定了"西方是人类文明的发祥地，而且拥有永不褪色的文化"这样否定东方文明的言论。

　　听了伟人的话语后，你到了中国怎能不去他的陵墓瞻仰？一生中难得有这么一次到喀什的机会，不去问候 10 世纪名扬四海的玉素甫先祖，我哪还算得上吉尔吉斯人，甚至突厥语民族的后代？玉素甫·哈斯·哈吉甫·巴拉萨衮 和马赫穆德·喀什噶里两人同属于整个人类知识界的杰出代表，他们生活在喀什，为 1000 年前的世界文明做出了巨大的贡献。不去他们的墓，不念《古兰经》祈祷，是不尽穆斯林职责的大罪过！在吉尔吉斯我就满怀这样的愿望，并在我的写作计划中强调了这一点。计划终于得以实现，我们在到达喀什之后的 6 月 16 日清晨，踏上了前往玉素甫·巴拉萨衮陵墓的路途。

从雕塑就可以看出学者头上绕着缠头，手里展开一本书，遥望天空。在进口处，是学者作品的阿拉伯文、维吾尔文印刷本、《古兰经》书籍，以及绣有他肖像的精致挂毯。

学者的坟墓有高及腰部的嵌着深蓝色花纹的瓷砖，上面盖着蓝色金丝绒盖子，红黄花儿夺人眼目。"谁能不断读书，谁就将在两个世界获得光明。"学者这样智慧的名言，像点点涓流滴入我的脑海，让我因他自豪万般，感慨他的伟大。光阴荏苒，川流不息，让人好像同时处在远古和今天！学者以他千年贯穿环宇的智慧教诲着今天的世人，了不起的伟人！我们敬重他的亡灵，手触陵墓，围着墓身转了一圈，并为玉素甫·哈斯·哈吉甫念了《古兰经》。

陵墓上方是长方形的高大圆顶建筑，是学者教授学生的教经教堂，好像是新盖起来的。所有的地方都被认为是神圣的而保护起来。当负责给我们讲解的维吾尔族姑娘说到玉素甫·哈斯·哈吉甫生于吉尔吉斯巴拉萨衮市时，我心里暖洋洋的，为他是自己的同乡而自豪、激动。

即使已经去世 1000 多年，他的光芒仍照耀着我们。光明的思想、公正的行为、渊博的知识、伟大的人物是不受时间约束的。墙上是他的名言和《古兰经》的戒句，即使千年过去，依然激励着 21 世纪的人们。

知识能够改变不幸和缺点，
学识能够纠正人类的厄运。
若将你的生命献给祖国，
则你一生悠闲，不受欺凌。

生命是什么，死又是什么——

我从哪里来，又要到哪里去，你可能告诉我？

似乎玉素甫·哈斯·哈吉甫·巴拉萨衮仍在给我们读他《福乐智慧》中的诗句。

在克孜勒苏

柯尔克孜人生活的地区

　　克孜勒苏柯尔克孜自治州位于中华人民共和国新疆维吾尔自治区西部，天山山脉南麓，昆仑山脉以北，塔里木盆地的西北部。州府驻阿图什市，自治州以流经该地区的克孜勒苏河命名。自治州于 1954 年 7 月 14 日成立，当前设有一市（阿图什）三县（阿克陶、阿合奇、乌恰）。这里生活着维吾尔族、柯尔克孜族、汉族、满族、蒙古族、锡伯族、塔塔尔族等 11 个民族，维吾尔族人口最多，超过 60%，柯尔克孜族人口数量为 146083 人（2009 年数字），占 30%。中国大部分的柯尔克孜族（约 70%）生活在这个州。

　　除去克孜勒苏柯尔克孜自治州，新疆维吾尔自治区境内还有六个"民族乡"，居民大部分都是柯尔克孜族人，被称为"柯尔克孜族乡"。它们分别是：阔克铁热克乡（伊犁哈萨克自治州特克斯县）、夏特乡（伊犁哈萨克自治州昭苏县）、博孜墩乡（阿克苏地区温宿县）、雅满苏乡（阿克苏地区乌什县）、科克亚尔乡（喀什地区塔什库尔干县）、康克尔乡（和田地区皮山县）。

　　自治州有 50 座小型水电站、13 座水库，有煤、铁、金、银、铜、锡、水晶、锌等 156 种矿藏。这里有奥依托格拉克、玉其塔什等远近闻名的夏季牧场和其他令游客心驰神往的景点，像佛教的三仙洞、莫尔佛塔，伊斯兰教的苏里堂·萨图克·布格拉汗麻扎、喀喇汗王朝（黑汗王朝）王宫遗迹等许多圣洁、美丽的地方。著名的慕士塔格峰高 7509 米，阿图什被称之为"无花果和葡萄之乡"，乌恰和阿合奇以《玛纳斯》说唱闻名。

　　克孜勒苏柯尔克孜自治州的北部和西部有 1170 公里边界同吉尔吉斯斯坦和塔吉克斯坦接壤，其中大部分边界与我国（吉尔吉斯斯坦）接壤。吉尔吉斯斯坦在独立之初开设的吐尔尕特和斯木哈纳边界互市点，对于加强两国各时期的合作、巩固两国关系、发展两国历史文化交往意义重大。根据官方报道，2012 年中国对吉尔吉斯斯坦投资 10 亿美元，对于吉尔吉斯这个小国来说，这是一个重大的贡献。已经竣工的克民达特卡电网改造、卡拉巴尔塔制糖加工厂和一系列道路建设都受益于这些资金。

2013 年 9 月 10—14 日，中华人民共和国国家主席习近平访问吉尔吉斯斯坦，并签署了修建中—吉—乌铁路、中—吉—塔天然气管道、联结吉尔吉斯斯坦南北的生命线道路（中方出资）等一系列合同，还确认了进一步发展中国和吉尔吉斯斯坦以及其他中亚国家战略关系等一系列重大事项。据报道，当前，这些项目的规模超过 30 亿美元。可以说，在这次高层访问中所发表的友好合作声明及签署的协议为两国在新一阶段加强联合行动、推动合作交往奠定了基础。众所周知，国家领导人所确定的方针举措几乎都要通过克孜勒苏柯尔克孜自治州来实施。

教育和文化

克孜勒苏柯尔克孜自治州成立之初，只有一所中学和40所小学。目前，在阿图什、阿克陶、乌恰和阿合奇均设有柯尔克孜族中学，所有这些中学均配发柯尔克孜语教材。自治州有三个社会图书馆、一座文化宫、四个文化中心。除此之外，大部分村庄都设有自己的文化中心。

自治州还成立了"克孜勒苏柯尔克孜自治州文学艺术界联合会"，并从1992年开始每季度都发行《克孜勒苏文学》杂志。《克孜勒苏报》自1957年开始以柯尔克孜、维吾尔、汉三种文字不间断发行。声名远播的杂志《新疆柯尔克孜文学》，从1981年开始在阿图什用柯尔克孜语双月刊发行。

还有学术杂志《语言与翻译》，自1985年起由"新疆维吾尔自治区语委会"持续出版。毫无疑问，这些工作对于文学、文化、语言科学和翻译事业都有重大意义。

在新疆的出版机构当中颇具规模的是新疆人民出版社，它在阿图什市设有分支。出版社于1956年设立柯尔克孜编辑部，出版发行了索勒托诺耶夫的《赤色吉尔吉斯史》、居素甫·玛玛依的《玛纳斯》及《吉尔吉斯文学史》等多部著名作品。与新疆人民出版社同年成立的新疆教育出版社及其内设的柯尔克孜编辑部承担民族教育的重大任务，从1985年开始用柯尔克孜文发行中学教材，并取得明显成效。1990年成立的新疆科技卫生出版社也出版发行了一些柯尔克孜语的必备书籍。

1982年，克孜勒苏柯尔克孜文出版社成立，其间出版发行了钦吉斯·艾特玛托夫和拉德罗夫的著作，还有《柯汉字典》《叶尼塞—鄂尔浑碑铭》《克孜勒苏教育史》《塞麦台》等约500部重要书籍。

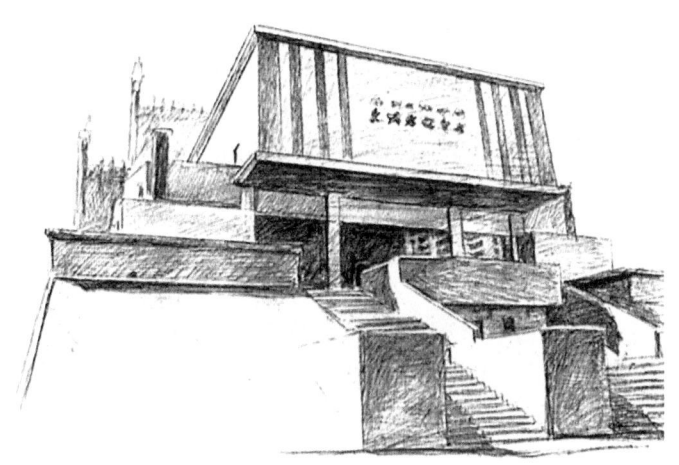

克孜勒苏州文化中心

1999 年，克孜勒苏柯尔克孜自治州广播电视机构下设了电影柯尔克孜文译制部门。该部门成立之初以翻译艾特玛托夫的《查密莉雅》为主要工作。1982 年起，新疆人民广播电台开始用柯尔克孜文广播节目，但量很小。吉尔吉斯人当前收听的《中国之音》，在这里也可以接收到。新疆电视台从 2004 年 11 月 13 日起就开始每天播放一小时柯尔克孜语节目。

中国政府十分关注史诗《玛纳斯》在克州的收集整理及出版发行工作，积极寻找、发掘玛纳斯奇（《玛纳斯》史诗说唱者）并很好地保存了由玛纳斯奇口述的作品资料。目前，国家认可并给予支持的优秀柯尔克孜人中有 45 名玛纳斯奇、42 名散吉拉奇（民族谱系说唱者）、43 名库姆孜演奏家、44 名诗人、45 名作家、46 名即兴诗人、48 名音乐演奏家和49 名学者。

这些文化名人是这个地区及其人民的骄傲！因此，去了解克州那些热爱民族与家乡的地区领导人以及才名远播的著名人物，是一件十分有意义的事情。

富裕柯尔克孜人

说起中国的柯尔克孜族，我们不得不提一下富裕柯尔克孜人。新疆之行的采访计划中不包括他们，再说时间也不够。俗话说"路途跋涉之罪，不亚于进棺木之苦"，近一个月的南北疆采访，我们累得要散架，并没有能够遍访所有地区的柯尔克孜族人。即使是这样，我们也尽可能地将通过其他渠道了解到的有关柯尔克孜族的信息公布于众。

在中国黑龙江省齐齐哈尔市的富裕县，生活着"富裕柯尔克孜人"。1996 年，有关那个地区五家子村及周围生活的柯尔克孜族的报道曾轰动一时。他们从哪里来，是怎么到这个地方生活的？这些问题至今困扰着历史学家和柯尔克孜族研究学者们。

一些历史学家和柯尔克孜族研究学者认为，他们的迁徙与清朝乾隆二十二年（约 1757 年）平定准噶尔叛乱有关。有个别记载表明，是当时的清朝统治者将 6 个氏族、28 户柯尔克孜人迁徙到遥远的东北富裕县，他们隶属于当时的蒙古厄鲁特部。

还有一些历史学家认为，他们是不服蒙古准噶尔统治而逃到中国东北的叶尼塞柯尔克孜族的一支。

从事柯尔克孜语言学研究的北京学者胡振华于 2006 年 7 月在乌鲁木齐出席研讨会时曾说："当前，富裕柯尔克孜人中仅有两名老人还没有忘记古柯尔克孜语。"这个情况说明，他们（富裕柯尔克孜人）已忘记了自己的历史和语言，这实在让人感到遗憾。

据说在富裕地区生活着达本、额齐格、嘎博、蔡音额尔、博勒特尔和格尔格斯这些古柯尔克孜部落的族人。但是他们都说汉语，使用汉语姓名。如，达本部取了吴姓，额齐格人用了常姓，嘎博人使用韩姓，蔡音额尔部取蔡姓，博勒特尔人用郎姓，格尔格斯部使用了司姓。

总听到一些历史学家和研究人员说他们去了富裕县，看到那里生活的柯尔克孜族如何如何，但并没有哪个研究人员对富裕人的历史进行过长期、深入的研究，也没有和那边的研究机构建立固定的联系。这无不令人遗憾！

戴白毡帽的阿图什

作为克孜勒苏柯尔克孜自治州首府的阿图什是怎么样的城市呢？规模大还是小？这个新疆西北边陲的城市是否很落后？那里人民的生活又怎么样？类似这样的问题，是我在吉尔吉斯听说这个城市时就很关心的。

乌鲁木齐和阿图什相距 1433 公里。阿图什市下辖七个乡，其中哈拉峻和吐古买提是柯尔克孜乡，那里生活的柯尔克孜族人有 23629 人（2001 年），主要来自库秋、切里克、冲巴噶什、蒙奥勒多尔和提依特等部落。

城市南面与喀什接壤。我们从东面驶入城市，视野被迎面而来的座座高楼刷亮，振奋无比。迎接我们的是屋顶高耸的白毡房式建筑，再往里面的文化广场中央有头戴毡帽、身跨骏马、手弹库姆孜琴的骑手雕像，让人一望便知这是一座柯尔克孜族的城市。在遥远的中国看到这样的民族建筑和雕塑，无疑是令人热血沸腾的事情。这样的民族建筑，在作为民族主体的吉尔吉斯斯坦也没有啊！

城市宽阔的柏油马路闪闪发光，街道两旁高楼耸立，交叠闪烁的灯光照耀着人们的夜生活，一个个头顶白毡帽的柯尔克孜人更让你的心有如回到故乡般畅快。城市坐落在层峦起伏的天山脚下，空气凉爽清新。山的另一面是我们的纳伦地区。看地图，比阿合奇还近。穿过吐尔尕特口岸，就是纳伦。

那斯普江带着我们走访克孜勒苏柯尔克孜自治州及各县的文化部门。既然是柯尔克孜自治州，自然会有《玛纳斯》保护和研究中心，我们的会晤也从这个单位开始。领导是一位曾经活跃在政界、在文化领域亦有一定威望的兄长。我们在那里看到初版的反映玛纳斯、赛麦台、赛依铁克等七代宗族英雄事迹的史诗汉文译本。这些记载先祖纵横沙场的彩色精装书籍比普通书籍尺寸略大，双手捧起沉甸甸的，敬畏之心油然而生。中国神秘的方块字如同我们的文字一样排列井然，令你眉宇舒展。这么大的国家级翻译工程，一定经历了多次审阅的考验，质量应该不在话下。相信会有更多人驰骋于博大精深的玛纳斯世界，从中吸取无限的正能量。

公正来说，"翻译要么升华，要么葬送文学创作"。据说，这部巨著的翻译工作正经历最后一次审核，之后将公布于世。为征求吉尔吉斯斯坦懂汉语的学者们的宝贵意见，文联主席赠送给我们两套《玛纳斯》丛书。这对我们，乃至对整个吉尔吉斯的国民，都是万般贵重的馈赠！我们再三表达了我们的无限感激之心。愿我们的异国同胞、同行的事业蒸蒸日上！

钦吉斯·艾特玛托夫在中国

我们逛完阿图什中心大街的图书馆和书店后，发现这里人民的精神世界很充实。对于人类，精神生活与物质生活同样重要。食物服务于人类生活，生命却不是为了吃喝。

有趣的是，这里的图书馆还具备书店的功能。就是说，这里册数多的书是可以购买的，册数少的书只能借阅。一进门就是书店，再往里是图书馆，这样非常方便读者。从这一点可以清楚地看到，我们仍旧停留在苏联的陈旧观念上。我们的图书馆和书店是分开经营的，因此很少。为什么不合并它们的功能，从而增加数量呢？那样既有利于读者，等待国家补贴的图书馆也能自谋生路、自负盈亏。

图书馆二楼是柯尔克孜文书籍（当然是阿拉伯文字的柯尔克孜文），在那里可以见到一些东方文学的珍贵读本，至于种类繁多的儿童读物，则更令人欣慰。这说明，为造就社会的精英，这里很重视培养少年儿童的阅读习惯。

令人遗憾的是，这里几乎没有吉尔吉斯著名作家的作品。在下面一层的新华书店维吾尔语部，也仅有钦吉斯·艾特玛托夫的《查密莉雅》《别了，古利萨雷》《白轮船》等著作的维吾尔文版本。这说明翻译工作还是没有引起足够的重视。如果两个国家都重视文字转换工作，肯定会弥补这种缺憾。目前，吉尔吉斯斯坦有很多获得世界性荣誉的诗歌和文学作品。当然了，钦吉斯·艾特玛托夫是享有世界声誉的天才作家，但无可争辩的是，要想了解、认知吉尔吉斯的文学世界，就必须了解除他之外的当代吉尔吉斯优秀作家的各种题材的文学作品。当务之急，是要把这些作品翻译成汉文、维吾尔文及阿拉伯文字的柯尔克孜文，这样才有助于广大中国人民了解吉尔吉斯斯坦。我们承认，除了个别人的努力，吉尔吉斯斯坦也没有开展过对中国文学作品的集体性翻译工作。我们一致认为，迫切需要在联合国教科文组织、突厥文化国际组织或上合组织下面开设相关的部门或机构，以便促进具有同一历史渊源、共同文化和生活习惯的亚洲各国人民之间的文化交流。这样做，只会得益，不会受损。

多彩的出版社

　　与克孜勒苏柯尔克孜文出版社取得联系、建立合作关系，是我们长久以来的凤愿。当我们来到项目计划中这期盼已久的采访单位时，出版社全体员工已经在那里迎候我们。出版社的副社长托克托逊·卡尔别克、书记阿布都热合曼·伊斯马伊勒向我们介绍了所有的员工，并就出版社情况做了详细介绍。出版社成立于1982年，去年隆重举行了30周年社庆，目前有23名员工，每年出版50—60部文学作品，此外还出版教科书，免费发放到自治州内40多个牧区乡村。出版社成立以来，共出版发行600多部各类书籍，单位设备不断更新，出版书籍的质量也日益提高。出版社还参加国内出版业的各种展览和比赛，近年来得奖的四部作品中，有三部获得装帧设计奖，为出版社增光添彩。出版社的经费由国家财政承担。

　　我对关于吉尔吉斯出版业以及我们的《新阿拉套》杂志等问题一一作答。吉尔吉斯斯坦的国有出版社早已私有化，近年来有很多小型私有出版社蜂拥而起。我们的图拉尔出版社在众多出版社中位居前列，拥有来自德国和俄罗斯的现代化先进技术和设备，这些年来稳步发展，并有意向和中国的出版社开展相关合作。我告诉他们，吉尔吉斯斯坦唯一的文学杂志《新阿拉套》也是由我们图拉尔出版社投资并出版发行的，克孜勒苏柯尔克孜文出版社表达了希望与我们的出版社和杂志社合作出书的愿望，并告诉我们，他们多年来一直在寻找能保证质量地使用西里尔文字的出版社，尚未如愿以偿。他们还希望通过我们的杂志社出版发行中国柯尔克孜族著名作家的文学作品。我当然没有掩饰我们多年来希望开展合作的愿望，并告诉他们，我们有能力、有资本随时出版任何形式的优质书刊，并愿意就此和出版社签订合作协议。

会谈结束后，我和出版社社长阿布都热依木·奥斯曼为今后的合作交换了电话号码和电子邮箱等信息。令我喜出望外的是，我与克孜勒苏柯尔克孜文出版社就今后将我的小说、散文等文学作品，以阿拉伯文字的柯尔克孜文在该社出版发行，签订了合作协议。这是出版社对我这个作家的高度信任、敬重和认可。我像所有的作家一样难以抑制喜悦的心情，并渴望签订两国间的合作协议。出版社领导很尊重我的建议，答应今后我们所有的工作都将在签署正式的双边协议之后进行。最后，我和出版社社长阿布都热依木·奥斯曼在合作意向书上签了字。我同时答应，今后向他们介绍更多的吉尔吉斯著名诗人和作家。

由布格拉汗说起

　　我们参观了克孜勒苏州柯尔克孜语译制中心，了解了这里的工作情况。这是一个拥有现代化设备、设有分支部门的小型单位。我们参观的时段正是中心工作繁忙的时候，单位领导带领我们考察，还向我们介绍工作人员，当中包括我们耳熟能详的优秀播音员，因为在吉尔吉斯斯坦每周都会听到他们的广播节目。这里的工作人员主要由年轻的专业人才构成，因此可以说是一个充满未来、朝气蓬勃的集体。曾经风靡吉尔吉斯斯坦的大型系列电影《成吉思汗》正是在这里被翻译成柯尔克孜语并配音的。我们到的时候，工作人员正在翻译关于 10 世纪末将伊斯兰教带到新疆地区的布格拉汗的电影。我们有机会得以目睹翻译配音的片段。真主保佑的话，这里的柯尔克孜族同胞将在不久的将来看上一部好电影，而且通过电影充分了解一段历史。我们身上流着同样的血，操着一样的语言，不论在哪里生活，我们所取得的成绩都是共同的。对这部首次搬上屏幕、并且正在翻译成柯尔克孜语的有趣的历史大剧，我感觉有必要根据吉尔吉斯斯坦的相关史料，对故事情节的历史背景以及主人公的生平事迹等，在此作一简短的介绍。

　　布格拉汗是突厥伊利克汗王朝或喀喇汗王朝（黑汗王朝）时期著名的统治者。历史上有若干个布格拉汗。

　　第一个布格拉汗是苏图克·布格拉汗，经名阿布杜勒·卡里姆。根据史料，他接受了穆斯林信仰并向自己的国家推广。阿拉伯历史学家伊本·阿西尔将其称为苏图克·喀喇汗。如果伊本·阿西尔提及的数量众多的突厥语民族与当时的布哈拉人没有关系的话，则没有确凿的史料记载这一君主的统治及其接受穆斯林信仰的事实。另据杰马尔·卡尔希的研究，布格拉汗于希吉来历 344 年，即公元 955—956 年去世，他在阿图什的陵墓至今还是人民膜拜的圣地。他被称为塔兹·可拉伊·布格拉汗。而弗·格列那尔则在他的翻译著作中将布格拉汗的事迹明确定为传说。这个传说起初是以杰马尔·卡尔希的文字为依据的，日后逐渐补充。这个传说是否有一定的真实性，无任何史料可考。很明显前面提到的、正在翻译成柯尔克孜语的电影应该就是关于这个布格拉汗的故事。因为时间很短，我们也是根据他们的只言片语猜测的。我之所以提到这个布格拉汗，是为电影制片人、历史学家、文学家以及观众提供一些在吉尔吉斯斯坦能够找到的关于汗王的文字记载。这或许会对他们的创作和理解有帮助。

城市的美好愿景

我们还参观了阿图什的中小学和幼儿园，亲眼见证了国家为当地青少年所创造的优良条件：优质的教学、先进的设备，特别是教师们的学识以及从国家层面开展教育工作的模式，这些对于下一代的教育都具有重大的意义。在这里，即便是少数民族儿童，也能像使用自己的母语一样熟练地掌握汉语和维吾尔语，当然，他们也要学习外语。

城市里正在开展大规模建设，这让人感到，她（阿图什）很可能会成为亚洲未来的顶级城市。我们参观位于城市中心的博物馆，看到里面关于城市建设的主体规划，更坚定了这样的信念。

我们参观博物馆时，遇上克孜勒苏柯尔克孜自治州政府秘书长苏丹·塔依尔一行接待以奥什州副州长索龙巴依·杰恩别科夫为首的吉尔吉斯斯坦代表团，并介绍城市建设的整体规划。从投影上可以看到壮观的几十层的金属玻璃建筑，先进计算机操控下的工厂企业，矿藏开采、机关、国际银行、文化机构、医院，使用太阳能和风能的清洁能源，纵横交错的多层次的立交桥，绿色的疗养基地，涌式喷泉，宽阔的马路……但愿他们确定的20年建设计划能得以实现！一个如此注重整体发展计划的国家，她的人民生活肯定会越来越好！

在乌恰

　　参观阿图什后，我们来到了约 120 公里以西的乌恰县城。这是一座位于中国西北边陲、群山脚下的新兴城市。当然，人们很早以前就来到这里繁衍生息了。

　　乌恰县有九个乡、两个镇，80% 的居民是柯尔克孜族，主要是克普恰克、额德格纳、冲巴噶什、托茹—艾格尔部落。克孜勒苏柯尔克孜自治州外宣办副主任那斯普江带我们来到乌恰县的政府大楼前。没过多久，有两个男子从楼里出来迎接我们。其中一位中等身材，大大的眼睛，不到 50 岁，是县委宣传部的穆萨主任；另一位比他略高，红脸膛，是个 40 多岁的年轻人，叫艾尔肯，应该也是相关部门的。那斯普江给我们介绍之后，他们开始和阿依肯、努尔开勒地寒暄。知道他俩都是中国的柯尔克孜族，穆萨便同他们开起了玩笑。他是个爱笑、善于言谈、随和的人。随后他们把我们安排到了县中心一个刚建好的高层酒店，这个酒店的大堂顶端是透明的玻璃。饭桌上，他们同我们进行了亲切的交谈。介绍了一些情况后，穆萨迅速将话题转向了工作。他熟悉自己的本职工作，无论何时何地都不忘记工作。他在政府部门换过很多岗位，积累了丰富的工作经验。

　　我们踏上了前往乌恰旧城的道路。在那里，穆萨为我们的工作提供了一切必要条件，还在我们休息时前来探望。当我们返回乌恰县城时，又给我们介绍了城镇的情况以及居民的生活和文化，带领我们参观了政府部门，安排我们同玛纳斯奇（熟悉史诗《玛纳斯》，具有较高演唱水平的民间艺人）和一些领导人会面。这当中，穆萨表现出了十分丰富的工作经验，在身边辅佐他工作的艾尔肯也毫不逊色。可以感到他们已经接待过无数像我们一样的访客。

他们对城市进行了全面的介绍，了解了我们对于行程安排以外的意愿和想法，并建议我们前往城市南部一座高大的山丘看看。在这座高达百米的山丘上，有一个中国式屋顶的高台，从高台上俯瞰，整个城市尽收眼底。城市中几乎所有地方都在进行着建设。文化宫也马上要竣工了，从远处已可以看出大致轮廓。除了文化宫，民族历史博物馆也即将落成。城市里尽是高层建筑，低矮的围墙十分稀少。尽管这是一座建立在戈壁滩上的城市，却到处都是郁郁葱葱的树木。这说明这里的人民勤劳，国家也以人民的生计为重。

　　两天内我们不停奔走，任何一个地方都不愿错过。感慨无限，一言难尽。尽管如此，我还是想特别说说令我感触极深的地方。

伊尔克什坦的路

乌恰县的南面，正是我们久闻其名的伊尔克什坦边防检查站，是连接中国和吉尔吉斯斯坦的两个主要边境口岸之一，位于距阿图什市 250 公里的乌恰县斯姆哈纳峡谷。从伊尔克什坦到吉尔吉斯斯坦奥什市仅有 210 公里。

口岸处有几栋多层的主建筑，还停放着一些车辆。车辆通过检查后，如果需要，还可以休息。供休息的房屋都是刚刚建好、装修过的。这里采取了一系列措施，以便尽快放行货车和驾驶员。这里新建的建筑、楼前的停车场、进出口岸的宽敞、平坦的道路、夜间的照明和相关设备都是按照国际标准修建和安装的。我们去往口岸和从吉尔吉斯斯坦过来的所经道路都十分平坦，相信驾驶员一定很满意。在这样的道路上行驶，到麦加去都不会觉得劳顿，一路精力充沛。看得出，中国政府赋予这些道路以战略意义，正是靠着这些道路，才得以实现两国之间的相互交往、贸易往来和经济收入的增长。与之相对应，口岸对面吉尔吉斯斯坦的道路质量又如何呢？对于吉尔吉斯斯坦道路质量比中国好的说法，我实在深表怀疑。

从在建的几处伊尔克什坦到吉尔吉斯斯坦的路段看，公路的质量过硬。原来他们修路时，要先将路表弄平整、笔直，铺上石头后将路面压平，之后向路面上灌注一寸厚的水泥。为了不让水泥干得太快、影响质量，要将 10 多公里的路表用塑料薄膜覆盖，以便阴干路段。这种方法对我们来说是新闻。等路面完全阴干之后，再灌注一寸厚的沥青，等这层沥青干了以后，再灌注第二层沥青。我们亲眼看到，这种修路的方法不仅用在大城市，山路也同样适用。这说明国家很重视公路的标准化建设。这才叫坚固的路！路面上看不到任何一处塌陷或断裂，更看不到补丁。当然，长途路入口处的收费口会向每辆车收取数额不大的过路费，通过这种方式收回造路的费用。过路费从窗口递入，工作人员收到钱，会将信息输入电脑，并立刻把收据交给司机。祝愿他们一路顺风！我们来的时候正好是休息日，没有什么车，无法对司机进行采访，以便倾听他们的意见和观点。但可以肯定，他们对公路、对所提供的服务是没有任何意见的。至于我们这边的货物报关、商品检验，以及边检放行等，虽有两国可依赖的国际公约，但由于业务人员的私心、业务熟悉程度等原因，肯定会有一些问题存在。但相信双方政府会不断地克服这些困难。

你没有工作？ …… 你应该工作

失业问题困扰着世界上所有的国家，也包括发达国家。特别是，当前世界正处于全球金融危机阶段，没有工作的人——穷人的代名词——因为没有收入，其个人和家庭生活就会处于贫困之中。也就是说，失业问题严峻的国家，其公民和国家本身都可以被视为是"贫困"的。而有工作却不参加工作，则是另一个问题。要解决这一问题，同样也是一项艰巨的任务。

在这次去新疆维吾尔自治区的旅程中，我们没有听过任何人因没有工作而抱怨。无论是生活在喧闹的都市，还是在遥远的草原，抑或在山岭之间，人们都在辛勤地劳作着。发展的城市、金黄的田野和满山的牲畜让他们感到愉悦和满足，这说明失业的问题已得到解决。昨天我们前往乌恰旧城，在距阿图什100公里的一片荒漠中，看到有人将小路路面上的小石头和沙土扫到一边，再用铁锹把它们堆起来、压平。我就此询问穆萨，他慢慢说道："他们正在工作，不论草原还是山区，所有地方都需要打扫，保持清洁，这是例行的工作。"他哪里知道，这对我来说是难以想象的。在我们那里，别说无人居住地方的道路了，无人清理的城市街区也到处都是，更不要说去捡起路边的小石头了。他是不会理解我的惊讶的。我之所以举这个例子，就是想说：只要有心，就一定能找到事做。如果政府勤奋、认真、负责，人民肯定有就业机会。

你没有工作？

还有一个例子。乌恰县的东北边界处有一座"玻璃城"，远远望去，在阳光下闪闪发亮。穆萨察觉到我的兴趣，告诉我那是座大温室。不知是为了满足客人的好奇，还是计划中本来就有安排，第二天一大早，他便带领我们去了乌恰县城五六公里外的戈壁明珠——"玻璃城"。

事实上，这真的是一座城市！一个个长约 20 米、宽约 10 米的温室大棚整齐地排列着。迎接我们的是这个"城市"的领导，一个大概 30 多岁的高个头的汉族小伙子。他告诉我们说，这样的温室大棚一共有 1100 个，这着实让我们感到惊讶。当我们好奇地问道，他们是怎样利用戈壁荒地，又怎样保障和供给这座城市时，小伙子说，温室里数百万方的土壤是从很远的地方运来的，水则是从地下导出的。

当然了，我们进入到温室里，亲眼看到里面都有什么作物，是如何生长的。长宽 100 米的中央温室大棚中五六个姑娘小伙正在劳作，他们把作物种子播下去，合理使用农药，细心栽培，直到这些种子长成一两寸的幼苗，再把它们连根移植到其它暖棚。长 10 米、宽 1.5 米的肥沃地垄上生长着近百种蔬果以及各色鲜花和树木幼苗，按下按钮后，屋顶上就会自动降水，进行灌溉。大棚工作人员告诉我们，设备是从日本和荷兰进口的，栽培技术也是进口的。买家在初春向中心提交所需作物的订单，到时候再把它们移走。他们多是以谈好的价格赊给买家。

下一个温室里，有两个柯尔克孜族姑娘正在工作。她们在收黑李子。提到黑李子，我们会想象那些高大的树木，但这些李树最高只有 1 米。听说，每棵树的收成将近 20 公斤。温室里有近 100 棵这样的李树，被果实压弯的树枝被绳索吊起来。这些找不到合适工作的女孩三年前被社会保障机构分配到这里，干得挺出色，也不愿意离开了。有趣的是，这里暖棚的租金是免费的，收获也全归经营者所有。更有趣的是，不用给国家交一分钱的税，劳动者获得所有的收成。这么做完全是为了消除失业，保障就业。简单地说：给你事做，所得全部都是你的，你自给自足，自食其力。这实践了"授人以鱼不如授人以渔"的伟大思想。与其给失业者发钱、发生活费，不如给他一份可以自足的稳定工作，这岂不裨益国家？

在下一个温室里，大小花盆里百花争艳，还有白菜、黄瓜、番茄、豆类等。

这些本来没有工作的人，在这里找到了工作和未来。

"城市"牧人

穆萨在乌恰旧城时说过:"国家为牧民提供了各种各样的有利条件,除在农村,还在城里为他们修建了房屋。"我一开始并没有信以为真。事实上,还真有这样的事情。

从"玻璃城"回来,我们路过一个满是10多层高楼的小镇。它就在乌恰县境内,距离县中心稍远。这些高楼确实是为牧民建造的,愿意入住的人可以在冬天搬进来。如果房主不来,可以让在城里读书、工作的孩子们入住。当然,在这里入住的大多数都是工作了一辈子的退休老人以及子女在农村生活的本地老人。还有什么比让他们在有暖气、热水的温暖的楼房过冬更好的享受?夏天的时候,楼房里也有人住。我们进入小区,和坐在院子里长凳上舒展身体的当地居民闲聊,了解他们的生活状况。政府建设的这些住宅一套有80平米,一半由政府出资,剩下的价钱由牧民分期付款支付。如果愿意你就可以在城里买这些住宅,如果不愿意就继续住在农村。决定权在你自己,没有人强迫你。

公民的健康同样未被忽视:有工作的人,国家会提供一定数额——每月50多元(约合350多索姆)的医保。不论何时生病,政府都会支付医疗费用的75%。幼儿园、小学、初中的教育和宿舍是免费的。社会主义国家是为整个民族的幸福而建, 为人民提供全方位的关怀,并制定努力方向。因为,每一个人生来平等,每个人都享有平等生活和追求幸福的权利。

婚礼，喜宴……

从乌恰县的中心乌恰镇往西，途经满是石头的、干旱的古丝绸之路，越过高山，我们来到了老乌恰乡。我们当然没有经历先辈们骑着骆驼、马和骡子，被太阳炙烤得脑门发热、口渴难耐、疲惫不堪的痛苦，而是坐着豪华轿车，以不低于每小时 100 公里的速度，驰骋在宽阔、笔直的公路上。高低不平的古道两边则用石头堆了起来，蜿蜒在下方的河槽中，许是为了让人们不忘记那曾经的艰难。

老乌恰乡之所以叫这个名字，是因为过去人们在群山之间生活的这个地方就叫"乌鲁克恰提"（意为"伟大的边塞"），后来县城搬到了靠近大部分人聚居地的乌恰镇，这里就成了老乌恰。

乌恰县大多是山区，两座高山间狭窄的山谷中流淌着的克孜勒苏河养育着两岸世世代代的柯尔克孜人民。我们千里跋涉到这里，就是为了了解生活在新疆维吾尔自治区最西部的柯尔克孜人的民族传统、文化和语言，亲眼看一看他们的工作、生活状况。根据我们在比什凯克就提出的采访方案，我们正好赶上在老乌恰举行的一次婚宴。宴席将要怎样举行，是按照古老的柯尔克孜族的传统风俗还是采取西方方式？或是按照汉族、维吾尔族的风俗？这里柯尔克孜族的风俗是不是一直在传承？我们着实好奇。

我们来到了位于河口前的村落。由黏土制成的平顶房子和一座用砖块建造的 10 米左右的厚实高塔立即映入眼帘，引起了我们的兴趣。房屋平顶——说明这里降水稀少，是以前盖的房子。现在政府正在下游为他们盖起新房。他们告诉我们，这些旧房子和那座高塔是原来苏联给盖的。这里曾加工矿石，生产出来的产品是用来出口苏联的。

院子进口处耸起一座有 24 根撑杆支撑的大毡房，一大群人在前面欢迎我们。毡房的主人正是新娘的父亲。在毡房里，按照习俗，我被视为最尊贵的客人，以长者的身份祝福婚礼圆满举行，祝小两口幸福美满，祝亲家和睦，也为在座的所有人祈福。然后大家吃馕、喝茶。毡房的内部是用柯尔克孜族手工刺绣饰品装饰起来的，有云绣手袋、绣有漂亮花纹的民族图其图克挂毯、叠得整齐的被褥，与吉尔吉斯人民的用品没有什么区别。撑杆和栅栏是用黄柳做的，涂成了浅红色。坐在我旁边的老人对我们提出的问题一一作答。他说，这里的居民多属伊其克里克联盟吉尔吉斯人的焦西部落，他们在"大逃亡"年代从吉尔吉斯南部与中国接壤的阿拉依和阿拉依库山地逃到这里，甚至在那个时代之前就有因为各种原因来到这里定居的。当然还有来自奇鲁、卡拉巴噶什、克普恰克、切里克等其他部落的柯尔克孜人。缘分让这对来自同一个乡的新人相亲相爱。他们的父母按照民族习惯举办婚宴，女方送走闺女，而男方迎接新娘。

作为远道而来的尊贵客人，我们被引进另一间屋内。主人席地铺上餐布，准备了丰盛的饭菜款待我们，同时请来村子里有威望的长者、散吉拉奇（族源说唱家）及一些民间艺人和我们坐在一起，席间我们得以相互交流。卡斯姆·卡德尔、托鲁·阿不都卡德尔、阿贝勒卡斯姆·图勒杜玛穆拜特等都是人们尊敬的智者。他们说这里的婚礼不是像吉尔吉斯那样先由男方操办，而是由女方家举行隆重的送姑娘婚宴，正式和亲家会面，在数百亲友的见证下，场面盛大地将女儿送出家门。当然，双方父母早前就会碰面，就聘礼多少（新娘的聘礼比在吉尔吉斯斯坦多 2—3 倍）、日子定在哪天、宴会

参加婚礼

欢迎，远道而来的客人！

规模、邀请多少人来等诸如此类问题进行商议。正说着，外面有人进来通报："亲家来了！"大家伙儿群起向外，赶忙迎接。我们也跟着出门，看到院子里50多名女方家亲人。男人排在前面，女人们排在另一面，迎接前来的亲家亲人，他们把我们迎到女孩父亲身边的尊贵位置。亲家那一方是女婿的父亲打头，带着他的兄弟及妻子方面的亲戚，大约20多名男性和差不多数量的女性。令我感到意外的是，我没有等到源自这里的骑着马、一路唱着歌颂男方先祖英雄事迹以及女婿优良品德的悦耳的"约隆"弹唱。（后来听说，会弹唱"约隆"的艺人有事去了阿图什。今天这样的艺人已经很少了，他们一时没有找到可以代替他的人。）这在吉尔吉斯也是几乎被遗忘的习俗——在乌鲁木齐的新疆师范大学《玛纳斯》研究中心，他们曾经让我们看过婚宴上的"约隆"弹唱的录像，画面上是一个中年男人在吟唱：

约隆似那走马飞驰奔腾，
听到约隆，饥渴的双耳欢腾。
若你不会，让我来给你唱段约隆，
男儿约隆，女子约隆，有所不同。

你的羊儿留在那黑山的怀抱，
待我回去把外面的世界摆平。
抄起柳枝我赶它们回家，
等着喝你沏给我的蜜茶。

姑娘的秀发别着美丽的发卡，

小伙子拉琴弓，克雅可琴声悠扬。

骏马跃蹄，欢奔在草原……

那欢快流畅的"约隆"男女对唱至今回荡在耳旁。两旁欢歌笑语的姑娘小伙子令人赏心悦目。"约隆"弹唱的曲调和种类繁多，尤其在帕米尔柯尔克孜人中广为流传，至今已确定有20多种不同的唱法。

"约隆"曾在吉尔吉斯斯坦最南部的巴特肯州莱列克区的一些村落中弹唱过，现在听说在塔吉克斯坦杰尔格—塔里的吉尔吉斯人居住区偶尔有弹唱的。我为这一即将被遗忘的传统还得以保留感到一丝欣慰的同时，又为它没有得到广泛传播而感到沮丧。我发誓一定要把这一情况反映给吉尔吉斯斯坦。

亲家来宾们向站在远处的女方亲属，不论长幼，都伸出双手握手招呼，然后与排在中央的亲家握手，并拥抱三下，重新打招呼。

像在我们那里一样，男孩的父亲同时说道："亲家，我们代表奴儿请罪！"这是我们吉尔吉斯民族自古传下来的"娶人家女孩子，等于欠人家性命"的自命有罪的谦恭的习俗。

来宾们全部到齐后就被带进毡房里，大家相互问好，并由在场的长者为大家祈福。接下来铺上准备好的餐布，席地摆上宴席，请大家吃喝。来宾中的年轻人是不准进入毡房的，他们会被安排在砖房内。只有最尊贵的客人才被请到毡房里入座。我们作为贵宾再一次被安排在上席，坐在亲家旁边。柯尔克孜人尊敬远道而来的客人的习俗，到哪里都一样。

首先，新郎的父亲介绍了男方客人，接着新娘的父亲介绍了在座的女方亲人。坐在我右边的一位 70 多岁的老人告诉我，新郎和伴郎们稍后会到，并将安排在新娘所在的房间。我们那里也是这样的习俗，我明白。

吃了大约半小时，聊天问候过后，卷起袖子的小伙子们便把一盘盘肉端了上来。我旁边的老人告诉我，男方按照风俗宰了马，煮好肉，带来让大家品尝。

"把髋骨肉献给从远方涉水而来的尊贵客人。"新郎的父亲指着我说。

"别，别，"我慌忙说，"给您的亲家吧，在我们那儿髋骨肉是一定要给亲家客人的。"我拒绝道，我知道他们这是在尽主人之礼数。

"那给客人和亲家上同样的髋骨肉。"新郎的父亲边说边把髋骨肉递到了我面前。原来坐在我右边一直回答我提问的是新娘的爷爷——大亲家坐在我左边的新郎父亲赶紧给我介绍。不知该怎么做，我忙对老人说"来大亲家，给您髋骨肉"，并把盘子推到了他的面前。豪爽的柯尔克孜人啊，看那肥硕的髋骨肉足有几公斤，占满盘子，颤颤颤的散发着浓香！"这是给我们两个的，我们一起吃。"老人说完，从他那一边切下一块肉塞进了嘴里。我怕会冒犯这边的习俗而丢丑，也赶紧从我这一边切下一块肉，送进嘴里。

"我们尝过了，拿过去。"坐在我身旁的老人说。这时候我明白为什么两个卷起袖子的小伙子坐到我们对面了。他们赶紧接过盘子，将一大块髋骨肉切成长条。在我们那儿，拿到肉的人要自己将肉切好，让给邻座人吃，接着要把盘子递过去，让所有人轮着品尝。最后还要向端上髋骨肉的煮肉人，根据自己的能力，递上500或1000索姆以示感谢。在这里我没有看到他们这么做。在吉尔吉斯斯坦也只有在北部的伊塞克湖州和纳伦州保留着献髋骨肉的习俗，塔拉斯州、楚河州很少见。而在南部，除了阿拉依、托古兹—托若等山区，几乎就被遗忘了。

我们吃完肉、洗过手后就来到屋外散步，舒展身体。为了继续我们的工作，我们与新郎新娘碰面，一起去了只有年轻人的屋子。男女双方的年轻人中间，坐着身穿柯尔克孜民族服装的羞涩的新郎新娘。新娘的衣服不是像我们一样的白纱，而全是红色的。为表示对长者的尊重，大家都起身站好。小伙子们

两位长老

都伸出双手，过来一一和我们握手。这完全遵守传统习惯的聚会让我颇感欣慰。我得知，这里很少有我们那边的"抢亲"习俗，多是自由恋爱，再由双方父母做主，按照柯尔克孜族的风俗习惯操办婚事。

为了不妨碍沉浸在游戏乐趣中的年轻人的聚会，我赶紧按照祖上传下来的传统为新人祈福："愿你们紧握彼此的双手；愿真主赐予你们幸福和长寿；愿你们所有的愿望都可以实现；愿你们身前牛羊成群，身后子孙满堂；愿我们的天空晴朗，愿人民平安，愿你们永远在人民中间！"当然，在小

伙子们的强烈要求下，作为远道而来的亲人，我们与他们合影留念，也同所有人一起照了相。对新人来说，有像我们这样来自远方的客人参加婚礼是偌大的荣耀。我们怎会吝惜这样的礼物而让他们失望呢？再说，这些婚礼上的照片不也是我们所需要的吗？

婚礼之夜

我们被安排在一间平房里，这里距宴会主办人的大儿子所住的毡房不远。我、穆萨、那斯普江、努尔开勒地和亲家客人在一起，他们中有能说会道、懂文学、有文化的教育系统的领导，也有一些忠厚老实的山里人。桌布上摆满了柯尔克孜族的包尔萨克、油馕、酥油、炒肉和各种蔬菜沙拉等。

客人们开始喝茶、吃菜，聊天逗乐。没过多久，弹着库姆孜、拉着手风琴的年轻男女走进屋内。我们这一屋的领队穆萨建议我们听听歌曲，放松一下，我们立即表示赞成。宴席的风俗就是这样。到这里之前我就想了解，这边有没有自己的民歌，曲调如何。他们会不会唱柯尔克孜民歌？这些问题充斥着脑海。

哪料到他们一上来就弹着库姆孜，引吭高歌我们著名作曲家谢克尔别克·谢尔库洛夫的曲子。这位了不起的作曲家曾为上千首民歌谱过曲。这让我感到新鲜，甚至自豪！真是民间创作到哪里都可以找到自己的乐土！他们像在唱自己的歌曲一样，拉着手风琴，唱着才华横溢的额日斯巴依·阿布都卡德罗夫(已故)、图果里巴依·卡西莫夫及阿里木巴依·阔

自染毛线

若巴耶夫的歌，个别歌曲用库姆孜弹唱。他们操着柯尔克孜族语，没有他们移民前故乡的口音——夹杂着乌兹别克腔调的吉尔吉斯南方口音，说话和唱歌都是吐字清晰的纯正的柯尔克孜族口音，这令人兴奋。这说明现在的南方口音，是后来传入吉尔吉斯南部的。我们这里流传着"没有不写诗歌的吉尔吉斯人"这样一种说法。我采访完阔库铁列克、夏特、伊宁和阿图什，又来到这大山脚下的老乌恰，无不为富有天才、乐于创作的柯尔克孜族人民自豪！眼前为我们弹唱、拉手风琴的几个姑娘小伙，没有一个上过正规的音乐学院，都是民间音乐天才，才艺和音色不亚于我们的任何一名人民演员（国家一级演员）。

他们还给我们唱了中国柯尔克孜族民歌。曲调中杂糅着汉民族的温柔和维吾尔族独特的甜美，印证着环境的影响。尽管他们的语言像我们牧民的语言，也很纯正，但由于与我们吉尔吉斯长期隔离，连接语体的连词、助词有所不同，导致对主体语言理解的偏差。所以，吉尔吉斯的作家、诗人很难将新疆柯尔克孜族人的文学作品直接发表在报刊、杂志上，非要对作品进行一番修改不可，有时甚至有反复推敲仍不得其意的感慨。而这边的同胞，也同样很难理解我们吉尔吉斯的语言。除了采用不同的文字之外，还有不同的连词、助词，导致了不同的语言表达习惯，当然还有不同的外来语等，长此以往，造成双方理解困难。

柯尔克孜族手工织布

被遗忘的驼绒大衣

正坐着，有五个身穿黄色大衣的男人向我们走来，其着装我们从未见过。听到有人喊"亲家们来了"，紧接着所有的人都从座位上站了起来，和来者逐一握手，并把他们迎到了贵宾的位置上。他们是想要与吉尔吉斯斯坦来的客人认识一下，特意找来的。原来，吸引我们眼球的、头一次见的他们身上的黄色大衣是驼绒制成的，制作方法和古老的毡毯制作工艺相仿。这种衣服穿在身上，冬暖夏凉。

物以稀为贵，这种衣服的价格相当于我们的8000—10000索姆左右。据说还有比这质量更好、价格更贵的。吉尔吉斯斯坦别说没有这样的衣服，曾几何时，已经连骆驼的影子都看不到了，除非在个别山区和戈壁荒滩偶有所遇。

醉人的音乐伴着我与卡斯姆·卡德尔、托鲁·阿不都卡德尔的交谈。我向他们了解这里山水的名称、人民的族源等。据说，他们的祖先是于吉尔吉斯"大逃亡"期间及上世纪20年代吉尔吉斯土豪劣绅镇压人民时，逃到这里并定居下来的。他们还谈到这里杰出的库姆孜琴手、驯马手和驯鹰手，以及毡房的制造、它的意义等。（遗憾的是，我原以为我的录音机会清晰地录下他们的声音，哪知道它同时录下了歌手的歌唱及库姆孜琴手的弹唱，还有周围人群的嘈杂声，根本分辨不出来他们的话语。而我也不想将它们模模糊糊地写下来。真主保佑，如有缘分再去一趟老乌恰，我一定会把他们的族源好好记录下来！）

尽管如此，我还是把我当时笔录的一些信息写给大家。据他们所言，村子中大多数人都是1929年从"巴斯玛奇"（土豪劣绅）的手中逃出来的。岳瓦什部落的长者朱马巴依阿吉带着他的子民越过边境到这里生活。这一年，苏联与中国签署了共同平息"巴斯玛奇"战乱的协议。朱马巴依阿吉说："他们两方都是贼，一个向'巴斯玛奇'提供武器，另一个向'巴斯玛奇'提供粮食。"他的直言得罪了两边的政府，以至于常年困在这深山里。

这边的地名、河名都是以柯尔克孜语命名的：卡图乌－巴格特地区、玛勒塔巴依山峰、玉其－巴什墓地、克孜勒－加尔、卡若勒丘－多伯、卡勒玛克山峰，等等……这些地名里，埋藏着多少无人知晓的历史！

老乌恰被称为骏马之乡。这里的优良马种辈出，驯马高手闻名遐迩。在乌恰县的赛马竞技中，冠军多是这里出的骑手。老乌恰当然也因此得益。就说那匹名叫"阿克巴依帕克"（白袜子）的白额头骏马吧，曾是何等的宝马良驹啊！它在新疆所有的大小比赛中夺冠，甚至前往吉尔吉斯，参加阿拉依地区组织的马赛，没有一匹马能超过它。那是 1930 年的事情，阿拉依地区的"博鲁什"（酋长）举行大型庆典，邀请朱马巴依阿吉带上他的骏马前往参赛。朱马巴依阿吉带着那匹浅红色的骏马"阿依喀什卡"（白额头）和它的主人柯德尔沙前来参赛。朱马巴依阿吉夸口说他的马肯定赢，听到这话的竞争对手为了不让马参赛，将马偷走，拴在远处深山中高高的栅栏里面。聪敏远胜于人的"阿依喀什卡"在比赛之前挣脱了束缚，跳出栅栏，一路飞奔到比赛场地参赛。不久就听到小骑手高喊族名"岳瓦什！岳瓦什！"和胯下的"阿依喀什卡"一起率先冲到终点。骏马为朱马巴依阿吉争 得了光荣！朱马巴依只将一小部分奖金留给自己和马主人，大部分都分给了岳瓦什部落的人民。

当初那匹马在翻越高高的栅栏时，小腿被尖锐的栅栏划伤了。马主人怕比赛的时候灰尘会感染伤口，影响骏马奔跑，致使落后，就给马的小腿套上了毛织的白袜子。骏马因此得名"白袜子"，而这名骑手所在部落也获得了"白袜子"部落的称号，流传下来。

老乌恰有个名叫叶森库里的驯鹰手；已故的阿迪力马穆特·奥若兹巴依、奥若兹巴依·萨米特，如今的阿迪力别克、沙佩依等著名库姆孜琴手，是老乌恰的荣誉与骄傲。他们都是声名远扬的天才。

婚礼第二天

正如柯尔克孜俗语所说："婚礼和婚后第二天都会来临！"黎明拉开了婚礼第二天的帷幕。清晨清新的空气赶走了昨日的嘈杂，夜间的疲惫也消失得无影无踪。到处是欢歌笑语……

今天由女方家为前来迎新娘的亲家举行"送姑娘"的仪式。我们又一次被请上主席台。这是一个向前来迎亲的亲家代表、亲家公尽女方家礼数的仪式。

自然，我同身边那些能言善语的长者、了解地名来源和族源史的老人，还有会讲传说的智者交谈，随时回答他们的各种提问。遗憾的是，他们并不是很了解我们吉尔吉斯斯坦的民族、文化和艺术。他们对我们的了解，仅限于从我这样的客人、去那里工作或读书回来的游子嘴里听说，或是从他们带回来的书籍中阅读所得。这些信息远不能满足他们的兴趣，可以感到他们想插翅前往、亲眼看看比什凯克市、伊塞克湖和苏莱曼山等吉尔吉斯著名城市和景点的迫切心情。这说明加强两国文化交流迫在眉睫。

按照柯尔克孜族的习俗，骑手们给来客倒水、净手之后，递上骨头肉盘子。骨头肉吃好后，将剔骨肉用小刀切成碎片，上面盖上煮熟的手切细面，撒上用肉汤煮的洋葱末，这样香喷喷的手抓面也进了大家的肚子。作为尊贵的客人，他们给我的骨头肉是大腿骨，阿依肯得到的是尾骨，亲家则是肉多的脊骨，说明这里的人民是很注重传统的。美中不足的是，没有听到为给我们倒水、端饭的小伙子们祝福。似乎这里已经忘却了要给摆宴席的小伙子们祈福、给他们钱物以示感谢，同时也得到他们祝福的习俗。

宴席结束之后，我们表示还有别的事情，请求允许辞行。亲家代表们赶紧起身，说："你们是我们婚礼最尊贵的客人，不要就这么空手离开，请接受我们的馈赠。"说着分别给我和努尔开勒地两人戴上了白毡帽，并给阿依肯披上了美丽的头巾，还有扯布什么的，尽了柯尔克孜族婚礼应尽的礼节。

在吉尔吉斯也是这样的。他们的这些礼节让我们宽心。不是因为得到的礼品，而是注重礼节的柯尔克孜人那种"哪怕没有吃喝，也要有美眉乐呵"的好客、豁达的民族传统，对于我们这几个头一次谋面的客人所施与的敬重和爱护，才是最珍贵的。

柯尔克孜族人家

双方亲属请求我们这些远道而来的客人祝福两位新人。我感谢他们的盛情款待，并真诚地祝福道："愿两位新人紧握双手，幸福美满，白头偕老，牛羊成群，子孙满堂！奥闵！"送完真诚的祝词，我们与所有人告别之后就离开了。

村长、校长等人一直把我们送到了村边。分别的时候，校长朱马力·阿斯卡尔阿勒送了我们好几本他亲笔签名的文学作品，让我们带给吉尔吉斯的作家、诗人。这个地方人民的热情、好客与吉尔吉斯人完全相同，没有任何的区别……

赛马场

  关于中国在保护柯尔克孜族文化遗产，如《玛纳斯》史诗、民族歌曲、民族手工艺及狩猎等方面所取得的显著成就，吉尔吉斯方面已通过电影、录像、录音磁带及书籍等途径对此有所了解。那么作为我们民族最重要的古老文化之一的赛马运动情况如何呢？我带着"现在的赛马与古代有什么不同、是全民族性的运动还是个人发起的运动"等诸如此类的问题来到中国，希望得到答案。我们从老乌恰返回途中，路过克孜勒奥依村，看到了那里的中心赛马场，赛马场的周边是绿油油的草地，用铁栅栏围起来的赛马场内部也长满了稠密的青草。据说绕赛马场一圈是一公里。

  因为是休息日，赛马场人声鼎沸，这说明人们非常钟情于赛马运动。我们有句谚语："吉尔吉斯的孩子是骑着马生下来的。"这可不是白说的。今天，不论是老人还是年轻人，甚至连胳膊上的肌肉还没有长结实的小孩子们，都成群结队地来到了这里。

  赛马场边界建有西式的高大铁栅栏，年轻的骑手正牵着

赛马场的奔马

马向护栏走去，比赛即将开始。我极目远眺，还没有来得及问个究竟，突然听到了一阵喧哗。比赛开始了！护栏同时打开，小骑手们有戴英式黑色圆形头盔的，也有戴毡帽的，紧拽着马鬃，策马奔驰。看那一匹匹鬃毛锃亮的飞马，个个朝气蓬勃，没有一匹是超重的，说明驯马师的工作很到位。也说明，这里至今保留着自古以来的赛马运动和驯马技能。

他们说在这边举行的任何一种大型庆典中都有各种形式的赛马运动和"姑娘追"游戏。所有的赛马规则都和我们的一样，只是奖励不是很高。唯一让我感到遗憾的是，我没有发现走马比赛。他们也不太知道过去和现在有名的驯马师。这说明赛马活动中最古老也最有影响的一种赛马方式和驯马师，被历史渐渐淡忘了。

"放下一切，说唱《玛纳斯》"

阿合奇县位于距离阿图什东北 250 公里处，我们前往这里，去拜访著名的玛纳斯奇——居素甫·玛玛依。我对居素甫·玛玛依非常感兴趣，不断地向身边的穆萨询问他的情况，他也是知无不言，滔滔不绝地谈起了他所知道的情况。即便对于整个新疆来说，阿合奇县的民族艺术都占有重要的地位，也因此得到来自外界的巨大支持。在阿合奇有超过 50 名玛纳斯奇，其中 12 人尤为擅长，同时还有 300 多名库姆孜琴手。穆萨还在讲述，而我的脑海中已经浮现出见到著名的玛纳斯奇兄弟时的情景。

在乌恰的文化中心前，有许多人聚集在一起焦急地等待着。他们走进高大、漂亮的建筑之后，居素甫·玛玛依的徒弟萨尔特阿洪·卡德尔走了出来。他今年 72 岁，9 岁开始说唱《玛纳斯》史诗。这个人的名字我在比什凯克的时候就听说过，他来自冲巴噶什（大驼鹿）部落。哈萨克族的《玛纳斯》研究者穆合塔尔·阿乌埃佐夫称吉尔吉斯的萨亚克巴依为"20 世纪的荷马"，说他是一名集大成的正统玛纳斯奇，他在说唱《玛纳斯》的时候声调往往会拖得很长。而萨尔特阿洪·卡德尔在演唱《玛纳斯》时声调也拖得很长，他演唱了大约有 30 分钟。

在萨尔特阿洪之后，第二个演唱的玛纳斯奇是贾纳努尔·吐尔干巴依，他同样来自冲巴噶什部落，今年 47 岁。他的说唱和我们之前听过的说唱有很

玛纳斯奇萨尔特阿洪

大的区别，应该是一种古老的说唱方式。他在说唱了好久之后才勉强停了下来。

此后是年轻的玛纳斯奇玛木别吐尔干·玛木别特，也来自冲巴噶什部落！他是一个不到30岁的年轻玛纳斯奇。他还没开始表演便已吸引了众人的目光。他在说唱《玛纳斯》时有自己的特色，声调也拖得很长，半个小时之后才完全停下来。无意中，我发现中国年轻的玛纳斯奇的数量相当巨大。这个想法是之前便产生了的，到了阿图什后便更加确定了。在古代，玛纳斯奇的数量非常地稀少，然而现在玛纳斯奇的数量变多了。

然后是玛纳斯奇布布阿贾尔·苏旦。他今年35岁，同样来自冲巴噶什部落。他的演唱非常精彩，声音也很动人，整个演唱非常流畅，完美地演绎了《玛纳斯》史诗。

此后出场的是多尔特·卡勒，他今年30岁。人们要求他说唱玛纳斯的孙子赛依铁克的生平部分，他的演唱方式和之前出场的玛纳斯奇类似，开始了滔滔不绝的演唱。

当然了，伟大史诗《玛纳斯》在漫长的历史过程中，经过无数次的变迁，最终经过代代柯尔克孜人民的口口相传而流传至今，这怎么能不让我们感到热血沸腾呢！我们静静地沉浸在优美的《玛纳斯》史诗中，心灵得到了彻底的洗涤，久久不能忘怀。

阿合奇的巨人

"居素甫·玛玛依，1918年出生，中国公民，阿合奇县人，麦尔开其村出生，玛纳斯奇、诗人。七岁起就能识文断字……"（《玛纳斯百科全书》）

"居素甫·玛玛依是他们家27个孩子中最小的……他的家人现在还在世的有：哥哥巴勒瓦依、姐姐厄拉普坎……居素甫·玛玛依出生的时候他的母亲布鲁尔已经61岁了！"

此行之前，我们曾向比什凯克的文学家、历史学家、作家、记者及曾经出版过新疆方面书籍的作者等人咨询过新疆的情况，当然关于居素甫·玛玛依的消息更是我们询问的重点，甚至包括了要给他带什么礼物。其中，我们采纳了吉尔吉斯斯坦著名记者姆恩杜兹别克·滕提米舍夫的建议。他在去年，曾与他人一起出版过一本名为《图拉尔》的书，这本书的主要内容就是介绍居素甫·玛玛依。创作该书期间，他曾前往阿合奇县拜访居素甫·玛玛依。

姆恩杜兹别克向我们透露了一个重要的消息：居素甫·玛玛依曾表示，如果能用伊塞克湖的湖水来洗一下脸、洗一下手，是多少会让人感到荣幸的一件事。我便让我的小儿子从湖边风光秀丽的地方取了些湖水，与此同时我还准备了一张唱片光盘，其中有吉尔吉斯伟大的库姆孜琴手托克托古尔、卡拉莫尔多、厄博拉依的库姆孜琴曲，以及勒斯帕依、阿桑卡雷、图古尔巴依等歌手的歌曲。我们听周围的人说居素甫·玛玛依从半年前便开始拒绝见客了，不管是谁都不见。如果见不到居素甫·玛玛依，这是多么遗憾的事情啊！我通过阿依肯向黄静转达了我们希望拜访伟大的玛纳斯奇的请求，同时表示，无论如何，要将我们所携带的礼物赠给居素甫·玛玛依。不知是否因为领导的反复沟通，我们的愿望最终竟然实现了。据说，居素甫·玛玛依听到有来自吉尔吉斯斯坦的作家要来拜见时，爽快地答应了我们的请求。

由于已经临近夜晚，我们便找了家旅馆住了下来，准备第二天早上去拜访。清晨时分我们便启程，穿过狭窄的街道前往居素甫·玛玛依的居所。到达他家的时候，他的孙子为我们打开了大门，并将我们迎接入内。我们进门便看到一个老人坐在那里。由于之前看过照片，因此立刻便认出这就是我们要拜访的人，伟大的玛纳斯奇——居素甫·玛玛依！我们纷纷上前和居素甫·玛玛依握手问候。在见面过程中，我们深切地感受到了他的热情与和蔼。居素甫·玛玛依不仅能演唱《玛纳斯》史诗全部八部作品（《玛纳斯》《赛麦台》《赛依铁克》《凯耐尼木》《赛依特》《阿斯勒巴恰与别克巴恰》《索木碧莱克》《奇格台》），还能演唱《艾尔托什图克》《库尔曼别克》《巴额什》《托勒托依》《阔班》《玛玛凯与绍波克》《江额勒木尔扎》《吐坦》等十多部史诗，总共约 50 万行。其所演唱的史诗均全部被记录下来，以便流传给后人。他是史上绝无仅有的玛纳斯奇，是当世的英雄！

我们向居素甫·玛玛依转达了全体吉尔吉斯斯坦人民对他的祝福，并表示他的成就无与伦比，是整个吉尔吉斯民族的骄傲与自豪。同时，我们还向居素甫·玛玛依转达了来自吉尔吉斯斯坦

居素甫·玛玛依大师

总统的祝福，总统还号召全体吉尔吉斯人学习居素甫·玛玛依的伟大作品。我们表示，听说他有一个用神圣的伊塞克湖湖水洗手洗脸的愿望，因此特意从吉尔吉斯斯坦把水带了过来，说着便把水递了过去。居素甫·玛玛依对带来的水进行了虔诚的礼拜，之后便认真仔细地洗了手、脸及身体其他部位。我在不经意间瞥见，居素甫·玛玛依在触摸到伊塞克湖湖水的时候，竟然流下了眼泪！我不知道周围其他人是否也看到了这一幕，但遗憾的是，照相机没有拍到这一情景。居素甫·玛玛依对我们表示了感谢。之后，我们将刻有库姆孜琴手琴曲及歌手歌曲的珍贵光盘送给了居素甫·玛玛依。

在把光盘递过去的时候，我对居素甫·玛玛依说："在这张光盘上，每一首曲子都非常醉人，不管听到其中哪一首，整个人都会沉浸其中……光盘上的歌曲让人们听了之后会感觉到浑身充满力量。"居素甫·玛玛依也表示，在感到疲倦

伊塞克湖水净手

的时候会欣赏这张光盘。当然，按照习俗，在拜访尊敬的长者时，我们都戴上了白色的尖顶毡帽。品尝了桌子上的食物之后，我们都坐了下来。这时，我对居素甫·玛玛依说道："我们都知道您还是一名伟大的散吉拉奇——柯尔克孜族的口头历史学家，我们对中国的柯尔克孜族生活的地方以及他们的部族情况非常感兴趣，您能不能给我们介绍一下？"

居素甫·玛玛依思考了会儿，说："这方面包含非常多的内容，无法用三言两语就解释清楚，需要很长的时间。大多数人认为我是一名玛纳斯奇，但同时，我也曾花过数年的时间来研究柯尔克孜族的谱系，并且将研究成果写成了一本书。这本书已经出版了，如果你们想要了解这方面的知识的话，可以去参考那本书。"在超过一个小时的会谈中，我们向居素甫·玛玛依询问了几个问题，居素甫·玛玛依都作出了回答，其中还包括下面的内容：

"您想对吉尔吉斯斯坦的同胞们说些什么？"

他回答道："愿他们团结和睦，幸福的前提是团结一致。为了保卫国家，每一个人都应该付出自己的努力。"这句话是一位看遍世间沧桑的近百岁老人说出来的，话虽然不长，但蕴含着深刻的人生智慧。遗憾的是，我们没有在 10 年、20 年前和这位睿智的、伟大的长者见面，进行深层次的交流。如果我们之前便听过他的劝诫，那么，近年来人民内部的矛盾便不会发生。

最后，看到他十分的疲倦，我们准备与他说再见。和他分别的时候，居素甫·玛玛依紧紧握着我的手，用微弱的声音询问道：

"你从哪个地方过来的，是谁的后代？"

"我来自伊塞克湖州的阿克苏地区，阿热克穆尔扎·萨勒凯希的后代。"我回答道。

原来如此，我寻找的理想和追求……不正是要从祖先那里汲取吗？

大家相互告别，并互相说道："祝愿一切都好。"此去一别，我们与巨人还能再见吗？

"不平静的"路上

从阿合奇县出来后，再一次踏上了前往阿图什的旅途。旅途安排是如此的稠密，使得我们不得不对每一天、每一小时都精打细算。

在我们右侧有一座座白雪覆盖的山峰，我感觉在山的那一侧就是吉尔吉斯斯坦的伊塞克湖州、纳伦州地带。对我们每个人来说，没有任何一样东西能比祖国更加贵重。我曾经去过很多美丽的地方，但我觉得没有一个地方能比得上我们的伊塞克湖美丽。在一处飞鸟都飞不上去的地方，有一株植物孤零零地矗立在上面，顽强地生长着，不曾离开生它养它的那片土地。我们人类不也是这样吗！我们永远都不能和我们的祖国分开，我们早已与生我养我的祖国合为一体。从这个意义上讲，对于每个人来说，自己的祖国是最宝贵的……虽然和居素甫·玛玛依的见面已经过去很长时间了，我的思绪还沉浸在与他的会谈中。这对于我来说是一个历史性的事件，我应该怎么往书里写呢？会不会写得不够生动？此时我的脑海中又浮现出了那个生活了近一个世纪、在《玛纳斯》史诗方面创造了不朽的功勋、经历过无数的风风雨雨的伟岸形象……在历史的长河中，人的一生虽然短暂，但是人却可以在短暂的一生中实现自己的价值，作出贡献，让自己的创作、思想一代代地流传下去，实现真正的不朽。像居素甫·玛玛依这样伟人的事迹、思想会永远流传下去……

大巴车停下之后，我们纷纷抬头向前看去。这儿是哈拉布拉克村，有座居素甫·玛玛依的博物馆。这个博物馆是一栋两层的玻璃建筑，是柯尔克孜族人的精神中心。大门正开着，我大步向前迈去——哦，这是什么？我看到了居素甫·玛玛依！没有和他一起过来真是遗憾，但他又是怎么在我们之前到来的呢？在我面前的居素甫·玛玛依穿着金黄色图案的衣服，带着白帽子，看向远方……终于我们发现这是一尊居素甫·玛玛依的雕像，但是不管是在体型还是面部细节方面都和真正的居素甫·玛玛依完全一致。这是怎样的工艺，竟然做得这么逼真！

我向这尊吓了我一大跳的雕像走去，仔细地观察起来，在这个雕像上我没有发现任何一点瑕疵。为活着的人树立雕像，除了说明他受人敬仰之外，还有什么意义呢？就我们来说，在吉尔吉斯斯坦历史上，尤其是在苏联时代，人们在活着的时候没有这样的待遇，只有在逝世之后，人民才开始讨论他的历史功绩，让他扬名立万，但是这样对逝者还有什么用处吗？

在博物馆的陈列柜里我们看到了各种语言版本的、大大小小的《玛纳斯》史诗。博物馆里印有居素甫·玛玛依中文名字、阿拉伯字母名字的书随处可见，与此同时我们也发现了厚厚的西里尔字母版本的萨亚克巴依·卡拉拉耶夫的书。博物馆中除了居素甫·玛玛依的作品、荣誉证书及照片外，还摆放了当地妇女的手工艺品及其他比较稀有的食物。曾经来过博物馆的、参加过《玛纳斯》相关庆典活动的、前往阿合奇拜访过居素甫·玛玛依的国家领导人、国外著名人物的照片贴在墙上。很多当地的老老少少从四面八方赶来参观博物馆，我们跟他们很快就打成了一片。我们同样为居素甫·玛玛依而感到自豪。我们（吉尔吉斯斯坦的吉尔吉斯族）与中国的柯尔克孜族不仅有着相似的面庞，而且有着同样的语言、相同的血脉，我们自始至终都是同一民族。

色尔哈克之墓

从博物馆出来后，我们在汽车上开始用相机记录周围的景色。阿合奇县玛纳斯中心主任与我们同行，他指着汽车右侧说："那边的山峰上有一片绿油油的牧场，居素甫·玛玛依就是在那儿出生的。"

我赶紧仔细观察那座山峰。为了拍照留念，汽车停了下来，我们便迫不及待地向那座山峰走去。

清新、凉爽的空气迎面而来，前方层峦叠嶂，让人们一阵感叹。蓝蓝的天空中，朵朵白云环绕着山峰。右侧的高原上铺满了绿油油的青草，看上去就像手掌一样平坦，在上面散布着柯尔克孜族的白色毡房。前方便是一片牧马场——伟大的玛纳斯奇居素甫·玛玛依出生的地方。也正是在这个地方，居素甫·玛玛依完成了他流芳百世的创作。《玛纳斯》史诗流传至今，为世界文化的发展、为柯尔克孜族人乃至世界人民作出了伟大的贡献。

拍照之后我们又重新上路了，在穿过村庄的时候车停了下来。这是怎么回事？我们不是直接去阿图什吗？这个地方没有在旅程中标注啊……我们不禁感到疑惑。

"这是玛纳斯的四十勇士之一色尔哈克的陵墓，为什么不看一下再走呢？"有人说道。

当然，但是……

"谁确定了这就是色尔哈克的陵墓？"我好奇地问道。"经过居素甫·玛玛依的考证，确定了这就是色尔哈克的陵墓。"

我们穿过了一户人家的院子，沿着山路走去，在山脚下发现了一座用石块垒起来的墓地。在一个 10 米左右高的高台附近，有一个土丘被铁丝网环绕着，旁边的一块铁质牌子上用阿拉伯字母写着：

"……有一个名为色尔哈克的出生了。

英勇的色尔哈克，他是一个英雄，

人们都称赞他的英勇，

色尔哈克有他自己的主见……"

"他骑上马，

不知疲倦地日夜兼程，

在马上他精神抖擞，

从不昏昏欲睡，

他就是玛纳斯的色尔哈克……"

这表示色尔哈克的墓地是在这个地方被发现的，这里面有他的遗骸吗？要是真有的话，他真的是曾经在历史上存在过的人物吗？

在历史记载上色尔哈克能力超群，玛纳斯从 40 个勇士中仅仅选他为侦察人员。有这样的一则记载：

"……他非常的勇猛，

让敌人闻风丧胆，

我非常想和他结为朋友。

我的朋友色尔哈克……"

据当地人描述，这个陵墓以前比现在还要高，只不过坍塌后变矮了，最终成了现在的这个样子。

时光不停地流逝，旅途中的人们不会停下脚步，历史上的辉煌如今已不可见，曾经逝去的永远不会再次出现……

阿克陶的布伦库勒湖

　　到了早上，我们又重新上路了。本次旅程目标地是阿克陶县，在那儿我们将前往布伦库勒湖。阿克陶县位于我们曾去过的阿图什市的南部，属克孜勒苏柯尔克孜自治州。阿克陶县柯尔克孜族人主要生活在布伦口乡、克孜勒陶乡、喀热开其克乡、恰尔隆乡等，大多是科普恰克部落的。布伦库勒湖位于海拔4000多米的高原地区。这一路20多天的奔波，虽然我们都累得浑身酸痛，但还是非常想参观一下那美丽的湖泊，听说在古代，那儿还有柯尔克孜族人居住。布伦库勒湖距离塔吉克斯坦不到50公里，我曾经在吉尔吉斯斯坦国家广播电视的"玛纳斯遗迹"节目上看到过布伦库勒湖，在报纸上读到过布伦库勒湖的相关报道。两年前，吉尔吉斯斯坦前总统奥通巴耶娃曾率领代表团来过这个地方，代表团中一位认识的朋友也曾对我说过这儿有玛纳斯的遗迹。

　　从城市出来后，我们沿着河岸公路一路向上。河的名字叫盖孜河，河岸公路笔直宽阔，道路两侧居民点星罗棋布。河岸两侧种着密密麻麻的柳树，在个别地方也种着像杏树那样的对水量需求不是很大的果树。柳树焕发着绿色的生机，它们不仅固定了土壤、净化了空气，而且三五年之后将会成为优良的建筑材料。

　　像我们这样前往布伦库勒湖的游人有很多。我们下了汽车，在边境检查站将我们的护照递了上去，工作人员经过一一比对之后，很快便通过了。如果没有在喀什所开的证明文件，边境检查谁也通过不了。同时我们也注意到，很多坐公共汽车过来的游客也有像我们这样的证明文件。

　　半个小时过去了，我们还在前往布伦库勒湖的路上，这时我们到达了一个水库。据说这个水库渔业资源丰厚，但是我们没有看到鱼，可能是已经过了捕捞期或者还没到捕捞期。两侧山峰光秃秃的，露出了大块的岩石。从这个地方开始，道路开始逐渐爬升。在阿克陶县的时候感觉还很温暖，但在这个地方温度开始急剧下降。在一侧看到了两三个帐篷，还有四五个戴白色帽子的青年。这儿的人以放牧为生，在那些帐篷里卖的是玉石、手工艺品等。

我们再次登上了汽车，和司机交谈起来。他用维吾尔语说布伦库勒湖海拔4000米左右，问我在这么高的地方身体有什么反应，现在是否难受。实际上，我已经开始大口喘气了，太阳穴感到胀痛，因为海拔很高、空气稀薄，从而导致身体供氧不足。我对他说：没事的，我们本来就是来自高山地区，在吉尔吉斯斯坦比这还高的地方我都去过，你看我现在还不是老人嘛。我们两个人没有通过翻译便直接进行了交流，在听到我半开玩笑的话后，我们两个都大笑起来。

两年前，吉尔吉斯斯坦文化部长曾想去参观布伦库勒湖的玛纳斯遗迹，结果在半路上就呼吸困难，鼻血流个不停，最终折返回去。穆萨曾对我们说过"在半路上或者去之前喝100克红酒，这样到达高海拔地区后就不会感觉难受了"，如果当时我们照他说的去做的话，现在身体就不会这么难受了。遗憾的是，穆萨的叮嘱我们都忘记了，临行之前没有人记得喝红酒。道路还在攀升，呼吸愈发困难了。但是，我相信，身体上的痛苦并没有阻止我们参观布伦库勒湖的决心。道路的两侧时不时会看到三五只骆驼。听说以前这段公路的状况非常恶劣，但现在这儿的道路却笔直、宽阔。

"啊，布伦库勒湖！"我身边有人喊道。

顺着他指的方向我向前望去，在白雪皑皑的山峰环绕中出现了一个湖泊。湖泊是如此清澈美丽，宛若人间仙境一般，似乎人类文明没有对这儿产生任何影响。时间在这儿似乎静止了，没有刻下任何痕迹。天空中没有任何飞鸟，就连秃鹫、金雕都没有看到。或许在这海拔 4500 米的地方，鸟儿也不会安家。

湖岸边有一栋两层楼的宾馆，周围还有三四家面向游客的商店、一排排整整齐齐排列着的帐篷。商店里有各种各样的用宝石、骨头及动物的角制成的手工艺品，以及柯尔克孜民族特色的白帽子、白头巾、男式衣服、马鞍垫、皮笼头等物品出售。除此之外，我们还发现了当地著名的刀具、笔、珊瑚及镯子等商品，这些东西既可以买来当礼物送人，也可以留着自己用。

我们沿着湖边的小路前行，湖面上荡漾着我们的身影。中国人将布伦库勒湖称做"群山间的伊塞克湖"。这座湖非常美丽、神圣，湖水也很清澈，透过湖水可以清晰地看到湖中的石子。布伦库勒湖是淡水湖，这里的水可以直接饮用。布伦库勒湖大约有三四公里宽，十一二公里长，至于深度，没有人能说得清。布伦库勒湖是千百年来由高山融水汇集而成的，据说湖里有鱼，但我没有发现钓鱼的人，周围非常的安静，很适合在这里休养。

在我们后面过来了大约 10 来个德国游客，他们中有男有女、有老有少。他们一路走来，在看到布伦库勒湖的刹那，立即停止了喧哗，被这美丽的湖光山色震撼。不仅如此，那些从快节奏、喧嚣的现代生活中过来的游客，看到这未经人类破坏的山峰湖泊，瞬间就会被这儿的美丽所征服。我们呼吸着清新的空气，放眼望去，无与伦比、童话世界般的人间仙境便完美地呈现在了面前。这就是布伦库勒湖！

高山上的手抓面

在布伦库勒湖附近车站 100 米范围内没有人家。克普恰克部落的女孩引领着我们向前走去，邀请我们去做客。我们到达她家门口的时候，有五六个中年人迎了上来，并对我们的到来表示欢迎。因为我们可以用吉尔吉斯语相互问候，所以我立刻便知道我们属于同一个民族。当然，我们对他们是从何时、何地搬到这儿来的非常感兴趣。

屋内的墙上挂着绣有花纹的挂毯、毛毯等，桌子上摆满了油炸果、馕、鲜奶油、黄油、西红柿、茄子凉菜、葡萄、杏和苹果。

"在这里为大家准备了午餐。这儿空气清新，希望大家能开心快乐。"克普恰克部落女孩说道。热情好客是柯尔克孜族多么美好的习俗啊！即使是刚刚认识的人也会以礼相待，正是这样的相互尊重在我们民族中相互传递，最终将我们紧密地连接为一个整体！

40 来岁的女主人用刚宰的羊为我们炖了肉汤，将整只羊都摆到了桌子上。吃了肉之后，用布擦了下手，便开始坐下来吃面条。男主人塔什巴依精通族谱，和我一般年龄，性格非常开朗。他称他们的祖先是克普恰克部落的，从第五代开始便到这个地方定居了。那时，布伦库勒湖附近的人们已经搬走，这个地方已经 17 年没有人居住了。塔什巴依的父亲别克姆拉特因为家庭原因在上世纪 20 年代从苏联时期的吉尔吉斯斯坦迁到了这个地方，投靠自己的兄弟，从此之后便定居下来。

"我们的先祖是托鲁巴依可汗，之后是克勒锲英雄，再往后是库巴，之后是卡勒比依。"塔什巴依说道。随后，他又说起了家谱中的后辈。

高山上的手抓面

　　"我的父亲是别克姆拉特，他的父亲是厄萨，厄萨是姆萨克若的儿子，姆萨克若的父亲是科若巴依，科若巴依是阿布德拉的儿子，阿布德拉的父亲是厄布拉依厄姆，厄布拉依厄姆的父亲是阿德哈姆。"塔什巴依准确、完整地说道。说族谱是我们吉尔吉斯族的传统习俗，这个习俗我们一直流传至今。

历史由来

　　这里地处高原地带，空气稀薄、植被稀少、气候严寒，生活条件极其恶劣。是什么原因、什么时候，那些柯尔克孜人迁徙到了这个地方？是什么样的复杂原因使得他们来到了这个荒无人烟、白雪皑皑的边陲地带？这里面肯定有不为人知的故事……吉尔吉斯斯坦历史学家阿布拉别克·阿桑卡诺夫在《新疆的柯尔克孜族》一书中对居住在高山地区的柯尔克孜族进行了研究，他是这样解释柯尔克孜族向昆仑山、西藏及阿克陶地区的迁徙的：

　　18、19世纪清朝和英国的关系恶劣，而英国当时的殖民地印度和清朝接壤，在与印度接壤的喀什地区经常发生过境抢劫事件。同时英国一直觊觎喀什地区的玉石资源，想将其据为己有，而且喀什地处印度通往中亚地区的必经之路，因此英国制订了侵占喀什的计划。边境局势岌岌可危，为了抵御侵略、保卫领土安全，清政府将柯尔克孜族的一部分——喀什和阿克陶地区的柯尔克孜族人迁往和田和喀什的边塞地区。18世纪末期，清政府从各个柯尔克孜族部落抽调年轻人，然后将他们分配到边境线上的各个关隘处。人民当时称他们为"柯尔克孜族边防军"，大概每一个边境要塞迁入了30户柯尔克孜族人（100人左右）。这时便存在了一个问题：为什么清政府不派维吾尔族、汉族或是其他民族，而偏偏派柯尔克孜族去镇守边境呢？

　　高山地区气候条件极其恶劣，普通人在高原上生活极其困难。根据当时清朝统治阶层的观点，如果从其他地区抽调人民上去可能无法适应高山生活，而当时柯尔克孜族的一部分就生活在高海拔地区。因此，为了巩固西北边陲，保卫人民安定生活，在18世纪下半叶清政府下达了将帕米尔高原和阿克陶高山地区的柯尔克孜族人迁徙到和田和喀什边疆地区的命令。柯尔克孜族人领受命令后便迁往了边塞地区。他们当中大部分都迁往了萨勒－克亚地区和库兰－阿尔厄地区。

这便是柯尔克孜族人迁往高山地区的原因。对于这一段历史，19世纪下半叶学术界颇负盛名的历史学家科恩斯坦基·列利赫也有过描述。他曾写道："在前往西藏的各个关隘处，有一个名为柯尔克孜族的民族定居于此。这个民族热情好客，在客人进门后他们会用热茶和肉食招待客人，他们的任务是镇守边境。"与此同时，在中亚民族的文献中也有柯尔克孜族迁往边疆地区的记载。这充分说明了当时清朝对柯尔克孜族的信任。现在我们在高山地区所遇到的柯尔克孜族人正是当年那些镇守边境的柯尔克孜族人的后代。当然，这对于他们来说，对于整个柯尔克孜族来说都是莫大的荣耀。

哈拉峻的历史学家

玛纳斯雕像

从布伦库勒湖返回的路上，我们
没走多远便向左边的岔路拐去，一个新
建的村庄呈现在我们面前。车子停在村
庄外的广场上，往前走，一尊曾在照片
上见过的玛纳斯雕像出现在了我们面
前。雕像玛纳斯左手拿着三叉长枪，右
手伸向远方、头戴钢盔、身着铠甲坐在
王座上。他的身后是可汗的房子——按
照毡房的大小比例用水泥制成的。他的
正对面是白雪皑皑的高山，天空中朵朵
白云飘过……

玛纳斯雕像

在乌鲁木齐
回顾与展望

现代的阿勒玛姆别特

乌鲁木齐市有一位名为贺继宏的学者，他 1944 年出生，是研究《玛纳斯》史诗的专家。这位中国的学者对《玛纳斯》史诗有着深入的研究，发表过很多见解深刻的文章，非常受人景仰。不仅如此，他对柯尔克孜族人民的历史亦有着深入的研究。他的作品让中国人民了解了玛纳斯，促进了《玛纳斯》史诗的传播，因此他被人们称为第二个阿勒玛姆别特。阿勒玛姆别特也出自中国，无比精通《玛纳斯》史诗，为《玛纳斯》史诗的研究做出了不朽的历史功绩。

我们到乌鲁木齐的一天后便和他认识了。还有一天便要返回吉尔吉斯斯坦了，但我还是抽出时间来和他进行了一番长谈。我对他为何着迷于《玛纳斯》史诗及其作品非常感兴趣。下面便是我们交谈的部分内容：

"请说一下您是基于什么原因、从什么时候开始着迷于《玛纳斯》史诗的？"

"我是从 1964 年开始对《玛纳斯》史诗感兴趣的。1961 年杂志社工作人员到处寻找玛纳斯奇，1964 年遇到了居素甫·玛玛依，立刻对他产生了浓厚的兴趣。当时工作人员为居素甫·玛玛依提供了一间房子，里面没有别的东西，只有一张床、一张桌子和一个凳子。从 1964 年到 1966 年，居素甫·玛玛依一直为工作人员演唱《玛纳斯》史诗，由工作人员将诗歌记录下来。"

……

对伟大史诗的重视

我认为，《玛纳斯》史诗是吉尔吉斯人民几个世纪以来，对历史、世界的认识以及在外交、地理、天文和医学领域的知识的汇总；它不仅仅是诗歌的巅峰之作，更是过去几个动荡世纪以来，遍布中亚、中东的人类民族的个性化历史；当中还蕴含了吉尔吉斯人民的宇宙观，深邃的世界观，当时的民族观念，在困难时期维持、捍卫生存和尊严的记录，坚定信念、迎难而上、净化灵魂的警世格言，以及宗教观念。也就是说，《玛纳斯》不仅仅属于吉尔吉斯人，整个人类社会都需要它。因此，《玛纳斯》中的内容，无论是对人类磨难的记述，还是对未来命运的描绘，都与当今时代相吻合。

通过亲眼见证、亲身感受新疆的乡村、城镇和城市生活，我得出了一个结论，即：玛纳斯的研究工作不仅在新疆维吾尔自治区开展，甚至于在整个中国都能够引起重视。这让人感到十分欣慰。

在漫长的参观旅程中，从乌鲁木齐市的《玛纳斯》研究中心到乡镇、村落的文化机构，我亲眼见证了研究人员的工作状况，对于中国在保护《玛纳斯》史诗方面所提供的广泛支持感到惊讶。在这里，国家不仅为每个村庄提供支持，还为玛纳斯奇和达斯坦奇（史诗说唱家）提供保障。从研究中心的领导和各个年龄段的玛纳斯奇那里，我听到的尽是他们对国家的赞美和感激之言，连一句抱怨政府的话都没有。《玛纳斯》的各种版本被相继出版，地方和国际性的会议以及周年庆典也先后隆重举行。居素甫·玛玛依老人从十几年前至今一直拿着政府的补贴，他创作了众多的民间文学作品。数十位杰出的玛纳斯奇也获得了国家的专项津贴，他们的生活条件得以改善，子女的发展也获得了很好的保障。我们吉尔吉斯传统中有"直话直说"和"实话实说"这样的谚语，吉尔吉斯人需要公开地表达自己的不满——作为《玛纳斯》故乡的吉尔吉斯斯坦政府，在支持鼓励诗人和玛纳斯奇创作以及传播《玛纳斯》史诗方面，没有做像中国政府那样的工作。没错，我们《玛纳斯》史诗的千年庆典证明了它的传承与延续，但是塔拉斯市的"玛纳斯沟"建筑群和比什凯克的"玛纳斯村"建筑群工程，现在都早已停建了。萨思拜·奥罗兹巴克夫之后，30多年以来政府都没有指定新的诗人。图拉尔出版社作为私人公司一直都在无偿地出版萨亚克巴依的四本书的完整版、托沃洛克·摩尔多的《玛纳斯》、乌尔喀什·玛姆别特塔利耶夫的《赛麦台》和其他书籍，而政府在此方面却无所作为。吉尔吉斯斯坦政府应当及早地开展《玛纳斯》研究的工作，广泛地传播我们的史诗思想，在支持鼓励方面制定国家政策；同时，在一开始就要加强和落实。但是整整25年过去了，他们什么也没有做。吉尔吉斯斯坦的玛纳斯奇们在高等院校中艰难地、不情愿地教授着研究《玛纳斯》的课程，而即便是这项工作，也是在今年立法中刚刚获得通过的。

在一个世纪之中有多少代的吉尔吉斯人不熟悉《玛纳斯》史诗，背离了我们传统的精神文化？吉尔吉斯人会有怎样的明天？作为我们民族精神、整个人类宝贵财富之一的伟大史诗，我们吉尔吉斯斯坦对待它的态度就该如此吗？……相比之下的中国，一个乡村普通的工作人员都不会是这样。我们什么工作都没有做！

乌鲁木齐电台的同行女孩

当然，我不会忘记自己的专业，对所到之处的杂志和出版方面的情况十分感兴趣。我认为，中吉两国之间吉尔吉斯（柯尔克孜）族在信息交流方面的工作还没有很好地开展，双方都表现出了"渴求（交流）"的意愿。我对双方未来开展交流的可能性进行了长时间的研究。毫无疑问，当今时代是一个信息化的时代，信息本身就是一种政治。信息对于社会和国家就像空气和水对于人一样不可或缺。在当今，信息就是发展的源泉与动力。这是毋庸置疑的。

坐落在乌鲁木齐市的新疆人民广播电台柯尔克孜语频道，一直是居住在中国和吉尔吉斯斯坦两国间的吉尔吉斯（柯尔克孜）族文化精神信息的传播中心。有意愿的柯尔克孜人（包括语言相近的哈萨克、维吾尔、塔塔尔、乌兹别克和其他使用突厥语的人们）每天19点都可以在中国收听到柯尔克孜语电台广播，这是一个成功的创举。在此，我进一步了解、熟悉了该领域工作的现状。还在吉尔吉斯斯坦时，我就企盼同这些工作人员认识，这个愿望现在终于得以实现。

台长库尔马麦特是个三四十岁的精明能干的小伙子。他长得很壮实，从言行举止来看，是一个充满人文气息的知识分子。基于中吉两国人民之间的友好往来和谦虚朴素的传统，双方在轻松和愉快的氛围下见了面。出于习惯，在询问了我们相关的工作情况之后，他向我们介绍了自己的工作。柯尔克孜语电台已有31年的历史了。最初，电台广播每天只有1小时，之后每天延长至4个小时，2012年至今好像已经延长至每天19小时了。电台现有20名工作人员，所有的工作人员都是专家组精挑细选出来的。从本质上讲，电台广播的精神取向在于：除了每天广播新闻之外，也致力于传播像"文化花园""散文之家"之类的访谈故事，以及戏曲一类的文化节目，在节目中还有很多互动的环节。

库尔马麦特展示了他的领导风范，他按照柯尔克孜的传统，每个细节都做得到位，第二天我们回国的时候他还前来送行。当我们在所下榻宾馆前面的广场上一起散步的时候，他还询问我们有什么需要帮助的，并表示，如果可能的话，他们将与吉尔吉斯斯坦国内的电台及相关机构进行联系和交流。我们此行的所有目的都已达到，我向对方提供的帮助及意愿表示了感谢。最后，双方握手道别并强调了相互之间的合作和互助意愿。我永远不会忘记这个有思想、工作勤奋的库尔马麦特和他为我们所做的工作。

一个叫做法蒂玛·阿依萨的机灵的柯尔克孜族姑娘也来给我们送行。她结合自己的亲身经历，就改善工作条件、通讯社的编辑晋职等问题与我们聊了很久。对于女性来说，要从众多的通讯社编辑中脱颖而出，晋升至地区主要新闻部门的领导，一般都会有因民族和性别差异加以限制和压制的现象。然而事实上，这种现象在新疆维吾尔自治区是不存在的。

采访民间艺人

"丝绸之路"上的吉尔吉斯人

从公元前 2 世纪以来，在超过 1500 多年的时间里，"丝绸之路"一直是联系中国和欧洲地中海北岸地区最重要的商路，融汇和影响了各个国家和民族在种族、经济、宗教、习俗、文化之间的联系和交流，传播了劳动工具、医学、手工业和其他各种各样的生产生活工具和技术，对世界文明的发展产生了巨大的影响。

天山、喜马拉雅山和帕米尔高原以及荒芜的沙漠将欧亚大陆分成了东西两个相互隔离的世界。公元前 2 世纪中国的旅行家张骞历经千山万水，克服重重困难，开拓了"丝绸之路"。不久之后，来自中国的商队沿着张骞开辟出来的路线经过中亚，而后到达了西方国家。曾几何时，通过"丝绸之路"，西方（欧洲）世界知道了丝绸、瓷器、茶叶、药物等那个时代价值连城的物品，充分认识到世界上存在着像中国这样在哲学、文化、艺术等领域高度发达且富有的特殊国度。作为联系东西方的桥梁，"丝绸之路"最重要的一段路程位于今天的吉尔吉斯共和国境内。

这里不得不提及今天吉尔吉斯斯坦境内的九条通道。"丝绸之路"从东方到西方的往返道路之中曾经有九条穿过吉尔吉斯斯坦国境。它们是：经过艾尔凯什塔姆的帕米尔— 阿赖—费尔干纳商路，经过吐鲁尕尔特、天山、肖特曼— 特玉博玉通往费尔干纳的商路，以及经过伊犁—卡尔克拉— 伊塞克湖州、楚河州通向费尔干纳的商路。根据个别的资料显示，这些商路也经过伊塞克湖北岸和塔拉斯地区。在 1500 多年的时间里，吉尔吉斯斯坦地区成为了"山区大门的守护者和东西方文明交汇的重要地缘战略枢纽"。

中国西部"门户"的开启者
——张骞

公元前 2 世纪时，中国和遥远的欧洲并没有直接的沟通联系渠道，欧洲对于亚洲而言只是一个未知的地域。中国和这些国家被 5000 公里的炽热沙漠和重重高山隔离开来，这时候能够通过艰险的商路穿越欧亚大陆无疑是一个奇迹。"丝绸之路"就是在这样的形势下应运而生的。不仅在欧亚，在非洲国家的历史中也扮演着重要角色的"丝绸之路"，是历史发展的自然产物——是在特定的历史时期，相关地区充满智慧的统治者对于探索未知地域表现出来的"开拓"精神的必然结果。"丝绸之路"的畅通运行超过了 1500 年，说到对这条道路的历史贡献，我们不得不说，是古代的中国和中亚相关地域奠定了基石。根据相关国家和地区确切的史实，我们要将"丝绸之路"的开拓归功于一个人。关于这个人的使命、命运和他的经历，著名的史学家司马迁在《史记》中进行了叙述。

张骞公元前 164 年出生于汉中郡城固（今陕西省北部）。他从青年时期就开始接触外交工作，获得了朝廷的信任。不仅是司马迁，另一位著名的历史学家班固也记载道，张骞是一个"为人强力、宽大信人"的人，即具有坚忍不拔、心胸开阔，并能以信义待人的优良品质。

张骞生活的时代，正是中国社会经济繁荣发展、国力充沛的时期。此时，中国北部边境的长城已经建成。公元前138 年，具有远见卓识的汉武大帝决定反击匈奴的侵扰，并从根本上解除来自北方的威胁。为此需要联结匈奴人西北方的大月氏人，一起对抗匈奴人。大月氏人的国王为匈奴人所杀，这样，为了能同愤怒的大月氏人达成协定，汉武帝派遣一百多人的使团护送张骞前往大月氏所在地区。一个归顺的

"胡人"堂邑父自愿充当张骞的向导和翻译。这是一次奇异、危险和有趣的旅行。

为到达大月氏所在地，张骞的使团必须穿越危险的匈奴人控制的地区。他们从中国西部边境城市陇西出关，还没走多远就被匈奴骑兵擒获了。知悉了使团的目的后，匈奴单于将他们扣留并关押了十余年之久。张骞一直被迫伴随在匈奴单于左右，学习匈奴人的习俗。无论生活多么艰辛，他一直都在寻找时机逃脱。祖国是那样的神圣，如果

张骞

敌方将你囚禁起来，即使面对成堆的黄金你也只是个不自由的囚徒。张骞肩负着汉王朝赋予的使命，并且发誓要完成它。

时间像沙子一样从指间流过……张骞通过变短的符节来记录时间，逃脱的机会看起来是那么渺茫。一个契机终于在他们被囚禁的第 11 年出现了。他们在几个值得信赖的匈奴看守的帮助下逃了出来，经过千辛万苦，到达了热海（伊塞克湖）的北部地区。在那个地方居住着乌孙人。

在乌孙人的帮助下，张骞一行得以继续前进，大宛－费尔干纳谷地令人欣喜的绿色平原终于出现了。张骞巧妙地应对了大宛国王的询问。他说："我受汉朝之命出使大月氏，不料为匈奴所围困，幸亏得以逃脱。希望您能派人将我们送往大月氏所在地。今后如能返回汉朝，一定奏明汉皇，送给您很多金银财宝。"

大宛王于是派人将张骞护送到了康居（古西域国名）。

此时，大月氏人原来居住的地方已经为粟特王国和巴克特里亚所占据。所有这些国家对于当时的中国来说都是陌生的西方。

但是，使团的目的还没有达到：在张骞留居匈奴的十余年间，大月氏人已经换了新的首领，并且由于乌孙人的进攻，帝国西迁。

张骞在巴克特里亚居住了一年有余，而后踏上了回国的路。他们翻过帕米尔山脉北部的阿赖山，走过叶尔羌地区，沿着塔里木河前行，到达和田，然后沿着塔克拉玛干沙漠南缘和昆仑山北麓前行，到达了罗布泊。张骞一行不幸又被匈奴人俘虏。一年之后，张骞趁匈奴内乱之机，再一次从匈奴人手中逃了出来。在历经 13 年之后，他们终于到达了汉朝的都城长安。司马迁记载道："张骞出使西域时是一百多人，回来时却仅剩下两人（张骞和堂邑父）。"付出的的代价是何等昂贵！张骞这次远征，仅就其出使西域的任务而言，是没有完成。但他 13 年时间里所到达的地域之广，在地理意义上不得不说是一个壮举！

对历史而言，张骞第一次出使西域不仅仅是一次外交旅行，更使得当时的人们了解到西域的风土人情。在此之前没有一个中国人对上述地区进行过详细的叙述。张骞第一次向人们描述了里海北部和阿拉伯海西部的情况，最重要的是他弄清了中亚河流的准确流向。在他向汉王朝递交的报告之中，除了最有价值的内容之外，还详细叙述了波斯湾和地中海沿岸亚洲大陆西部的国家和民族的原始情况，同时也获得了此前中国人未曾涉及的印度的第一手资料。

上述地区的河流和水文分布、政权和国王名字、军队实力、人民生活状况……张骞对这些都饶有兴趣，进行了广泛地收集，并以自己的所见所闻描绘出了上述地区和国家的地图。

张骞详细掌握了西方民族的种植技术、风俗习惯和语言，并将其带回中原。相传葡萄、苜蓿、茄子、胡椒和汗血宝马等物都是张骞从西域带回中原的。

张骞在异国他乡充分发挥了他的外交能力，说服各国与汉朝之间互通使节。他的伟大创举对"丝绸之路"的开拓、中国通向西方的门户开启、连接西藏和印度的商路的运行，以及后世的历史，都产生了巨大的影响。

公元前123—前119年，张骞参与了反击匈奴的作战，结果汉朝军队大败匈奴单于，将其驱逐到了蒙古的瀚海山（杭爱山）之中。此后，匈奴再也无力对汉朝发动袭扰，通向西域的道路被打通了。

公元前118—前115年，张骞成功地完成了第二次西域之行。司马迁这样评价道："于是西北国始通于汉矣。"伟大的旅行家张骞向汉王朝递交的报告，其意义堪与哥伦布当年发现新大陆时写给桑迭戈的信件相媲美。

张骞死后十年左右，汉朝的边界已经扩展到了乌孙和大宛等四个地区。因此，通过以最初不知名的小道开辟的直达地中海的"丝绸之路"，中国的命运与世界历史开始紧紧地联系在一起了。

两个世界的枢纽

亚洲和欧洲之间，换句话说，两大文明之间联系的纽带——"丝绸之路"，其世界意义逐渐彰显出来。不难看出，它关系到每一个大国的利益。因此，"丝绸之路"被认为是巨大财富的源泉。没有哪一个国王、汗王或者皇帝不梦想着占据这个开端于中国、直通拜占庭帝国的经济利益枢纽。这个"两个世界的枢纽"对国家与国家之间产生了巨大的影响。

在"丝绸之路"的辉煌时期，强大的拜占庭帝国皇室表现出了对丝绸的浓厚兴趣。在拜占庭交易火爆的丝绸市场上，政府甚至专门制订了关于丝绸贸易的法律。从远方运过来的丝绸制品重新进行美化和染色，价格变得更加昂贵了。黄金价格的上下浮动都影响不了丝绸市场。由此可以看出，丝绸是当时国际贸易最主要的商品。

"丝绸之路"的国际意义如此重要，在这个时期的外交领域也彰显出来。例如，公元 562 年波斯和拜占庭之间多年的战争局势得以化解，为了国际贸易，双方签订了 50 年和平协议。协议最核心的问题就是掌控"丝绸之路"和进行丝绸贸易。

"丝绸之路"走过了悠久而漫长的历史进程，它对相关国家都产生了各种各样的影响。在当前时代，许多国家还像古时候一样，依然"目光短浅"，但"丝绸之路"的重建问题却日益受到人们的重视。因为对于各民族来说，"丝绸之路"不仅在物质财富方面，而且在精神财富方面，都是一条具有重大意义的"捷径"。

多样化市场

　　当今世界，经济已成为最重要元素。市场不仅哺育着人民，同时也供养着国家，而且正在转变成为一股先进的力量。我们可以肯定地说，先进的科学技术、多元的信息交流是改善人民生活的强大推动力——而市场就是这一切得以发展的环境基础。要知道，如果一个人只出售某项研究成果或某种新兴产品，而不提供与其相关的数据信息，就不会有购买者，也就不会获得盈利，既然没有好处利益，就不会产生需求。简而言之，当今的世界对于市场具有强烈需求，世界各国都需要国际市场，谁掌握了市场，谁就拥有了一切。就像"指挥音乐演奏"一样，当今时代是市场化时代，无论哪个国家，只要市场潜力巨大、商品丰富，其生活质量就高，国力也就强大。

　　吉尔吉斯斯坦在上世纪 90 年代出现了严重的危机，是中国市场为吉尔吉斯斯坦提供了援助，包括粮食、日用品和衣服。比什凯克市的多尔多伊、马吉纳、阿尔坎市场及奥什市的卡拉苏市场都非常大，从那里购买商品转而送往各个村庄的小市场，其间每个环节都可获得利益。多尔多伊是与卡拉苏相类似的大型市场，也是中亚地区主要的商贸中心，以此为中心向周边邻国提供商贸服务。目前它仍然具有优势。当然，在质量和数量上还有待提高，市场的实力及意义也在于此。如果没有中国喀什、伊宁和乌鲁木齐的市场，那么处于严重危机中的后苏联国家取得复兴将面临无法想象的困难。邻国阿富汗、印度、伊朗的市场都还没有开发，我们自身的实力无法满足它们，更不要提土耳其和阿拉伯国家了。在这种背景下，中国及其新疆维吾尔自治区的市场就扮演了非常重要的角色。当前这还没有引起经济学家、政治分析家

市场叫卖的老人

的重视，但最终他们都会看到这一点的。当然，在多样化市场的背后，新疆也获得了收益，总体情况已经得到改善。市场最基本的内涵就是——你为我、我为你的原则。一个好的市场对买卖双方都有益处，双方可以平等获利。

在这种困难情况下，吉尔吉斯斯坦及其他一些后苏联国家非常需要开放的中国市场。特别是喀什、伊宁和特克斯县的市场对我们特别有吸引力。我们市场上的商品几乎都来自于这几个城市中大大小小的工厂。我们非常关注小商品、农作物和交通工具。

特别值得我们注意的是，乌鲁木齐西南部正在进行新的开发，开发完成后它将成为具有巨大影响力的商贸中心，其占地面积有100多公顷。这里采购、运输、销售、服务等功能一应俱全，且无论对于购买者还是销售者来说，这里的交通都十分便利。经济自由水平在很大程度上保障了该地区的市场价值。总而言之，一个国家掌握了商贸中心，就会拥有很多的便利。这些都将毫无疑问地对市场繁荣和经贸发展发挥积极作用。来自各地的客户都在寻找一个便利的市场，而只须前往乌鲁木齐的经贸中心，在那里各种商品都可以找到，并且方便客户返程。当然，这种便利对销售者和供应者们也都是一样的。

新疆是"丝绸之路"的重要组成部分。历史上它曾是许多道路的交汇地、市场的发源地，今天它仍然发挥着重要的作用。当前阶段的市场已经提高到新的、更高级的水平。"任何一个好的事情背后都具有历史的基础"，新疆乌鲁木齐的开放就说明了这个道理。在坚实历史的基础上进行创新无须过分担心。乌鲁木齐正在全面推广"丝绸之路"的历史经验，因为"在你探索、寻找光明之时，充分利用历史上的智慧，毫无疑问是正确的"。

柯尔克孜族领导

曾在吉尔吉斯斯坦听闻，在中国，包括新疆及其省会乌鲁木齐，柯尔克孜族人、特别是女性很少有被任命担当领导职务的。这是真的吗，为什么会有这种观念呢？此次新疆之行，我无论到什么地方，都对当地的局势没有特别的关注。之所以如此，并不是因为存有偏见或有什么政治利益问题，只不过是我个人向来都不热衷于此。然而在最后阶段，确切地说是最后25天的见闻，让我感到，那些传闻以及观念是非常错误的。

我父亲姐姐的女儿吉尔德丝·阿曼吐尔也在乌鲁木齐，她在民族语言文字工作委员会工作，我听说她的爱人职务很高。返回比什凯克前我给吉尔德丝妹妹打了电话。她祝我们早日回家！

吉尔德丝比我小两岁。她是个非常可爱、非常博学的女性。多年来，她一直在高校里教书。她说的话都非常有深意，富有哲理。我们都对自己的研究感到十分自豪，因为可以用自己的研究为本民族做一定的贡献。我说，第二天我们就要返回比什凯克了，我们非常感谢她的帮助。她因工作而无法前来送行，非常自责，特别希望能见我们一面，并说要找一间餐厅与我们相见。

于是我们尽早前往餐厅等她，吉尔德丝的爱人已经订好了饭菜。他是一个非常有修养、非常健谈的人；他曾经去过吉尔吉斯斯坦，现在是新疆人大代表。他说吉尔吉斯斯坦的环境很美，水很清澈，人也很善良，将来一定会更好。

在与吉尔德丝的见面中，我们谈到了我们的姐姐塔玛拉什。她是前克州州长买买提艾山的妻子。买买提艾山是一个非常能干的人，他去过吉尔吉斯斯坦多次，我也在电视上见过他几次。现在他大部分时间都在休养，但仍然关心时事。

　　在旅途最后我有了这样的想法：要在书中写一些见过的或者没见过的官方人物、新疆柯尔克孜族的领导。我并没有看到像在吉尔吉斯斯坦所听说的那样"在中国少数民族很少担任领导"的情况。如果他们有好的学识水平，努力工作，清正廉洁，为人民服务，那么他们无论是什么民族、什么出身都可能担任领导。

未来的伙伴

　　伊犁州、克孜勒苏柯尔克孜州电视台领导、《乌鲁木齐晚报》《大陆桥》杂志社及其网站的记者都前来对我的新疆之行进行采访，还就中吉两国的工作水平和优缺点、《玛纳斯》史诗、《玛纳斯》说唱家、吉尔吉斯文化、我们的《新阿拉套》文化杂志等各方面内容进行了交流。我都用自己的亲眼所见、亲身所感进行了回答。

　　我还谈到了目前吉尔吉斯斯坦对中国和中国人民的一些看法。中国在近十多年里政治经济有了一个巨大的飞跃，为世界上众多发展中国家所钦佩。我自己就见证了这一切。中国人民都在朝着幸福的生活而努力。当然还有少部分人对自己国家缺乏兴趣，要去外国生活、工作、学习或者旅游，我同样也看到了这些。但是今日之中国是一个政治公平、拥有巨大成就的国家。生活在中国的各个民族都在蓬勃发展，所有人都有所保障……我的这些谈话没有任何虚假的成分。

　　还有一件非常令人高兴的事情，国家对于少数民族的管理非常有力。对他们的工作和生活都保障得很好。中国在很多方面都已经达到了发达国家水平，如科学技术、经济、社会等其他一些方面。有人说中国只有南方地区比较发达，其他地区仍然存在大量贫困现象。应该说他们只是看到了中国的一部分，或者就是在诋毁中国。

　　在这个占世界人口四分之一的大国里，国家非常关心少数民族的民族特点、民族语言、风俗传统、文化、精神发展等问题。作为一个发展中国家，中国对全体公民都一视同仁，没有将他们相互区分开来。我看到在这片土地上各民族同胞团结一致，共同为国家的发展而努力，为美好未来而奋斗。

在全世界范围内，特别是非洲、南美洲国家、地中海东岸国家、欧洲国家，近年来都在加大对外开放，其主要原因就是经济不景气、权利不平等、宗教民族矛盾加剧。在这种情况下，整个国家就无法团结在一起。

有很多记者都对享誉世界的吉尔吉斯文学及其杰出代表钦吉斯·艾特玛托夫的生平经历、作品非常感兴趣。

吉尔吉斯文学与世界上其他文学有类似的地方，都反应了自己民族的命运，历经几个世纪而留传下来。这些都是全世界的财富。在吉尔吉斯文学领域中，钦吉斯·艾特玛托夫拥有非常高的地位。

这些文学作品以纸质书的形式存在于我们的身边，你可以把它推荐给你的孩子和朋友，渐渐地他们就会从阅读的世界中得到幸福。电子书任何人都可以阅读，对此你怎么认为？这种情况还是比较少见的。你不会和你的邻居或者别的什么人一起阅读。只有纸质书才是人民的文学和精神宝库。它们对人类的智慧、精神、世界观和生活都产生了巨大的影响，意义和作用非常重大。你可以把电子书作为礼物留传给你的儿孙么？当然不能。你能在电子书留下标记么，能标明是谁在什么时候读过这本书么？没有纸质书，电子书也就没有未来。就像人们需要白天黑夜，需要馕、盐和肉一样，我们应该给孩子们最简单直观的东西。纸质书就具有这样简单直观的特点。

我们的国际文学刊物《新阿拉套》就是这样的，每月刊都有 226 页，有的时候还有 300 页。几年以来，该刊物的读者日益增多，因为其中收录吉尔吉斯文学中各种体裁的作品，这些作品在当代很难找到。同时，它也承载着传播世界文学新作品的功能。它可以引起青少年对文学的兴趣。我们的杂志已经发行到俄罗斯、土耳其等地，向外辐射我们民族的智慧。当地人将它们翻译出来再出版。我们还在网络上将杂志推向遥远的美洲国家，那里的人们也可以读到，还可以在网上发表意见、观点。全世界都需要文学，人们毫无疑问地都需要纸质书籍。我们的《新阿拉套》杂志就是很好的证明。

中吉两国人民都是非常有智慧的人民，在历史长河中两国始终都是友好邻邦。当然，两国也会互相影响。比如说，古代中国向吉尔吉斯出售丝绸、药材、金属、瓷器等商品，吉尔吉斯则向中国出售肉类、皮毛、马匹等，最近 20 年里也有很多这样的事例。

苏联解体后，吉尔吉斯斯坦曾遭遇严重的经济危机。以前我们非常依赖苏联的加盟共和国所生产的粮食、衣物、生活用品等。这些国家为吉尔吉斯斯坦提供保障，我们也为他们提供保障。但是后来所有的交往都中断了，任何人都无法找到自己的出路。从那时起，中国的商品涌入吉尔吉斯斯坦，甚至是哈萨克斯坦、乌兹别克斯坦及俄罗斯。在那个困难时期，中国对我们的帮助是非常大的。今天，在比什凯克市开设了多尔多伊、阿尔肯市场，在奥什市开了卡拉苏等大型市场，里面出售的都是中国商品。我们的友好邻邦关系直至今日仍具有重大的影响。吉尔吉斯斯坦在向中国出口铁、铜、皮毛等原材料的同时也不断加强自身的发展，为邻国的发展助一臂之力。

近年来，吉尔吉斯斯坦水电站建设、中国过境吉尔吉斯斯坦铁路建设、土库曼斯坦—中国天然气管道建设，以及中国新疆的科技发展都会影响两国关系。在国际舞台上，以中

国、俄罗斯、哈萨克斯坦等邻国为核心的上合组织具有非常
光明的未来。

我们非常喜欢我们的中国伙伴，浏览他们的网站、收听
他们的广播节目、在报纸杂志上宣传他们，总之我们就是喜
欢他们。我喜欢以记者的眼光来观察中国伙伴的高速发展，
然后深入学习他们的思想。他们都是非常年轻、非常友善的
伙伴！

巴塔（祈福）

吉尔吉斯（柯尔克孜）民族有种区别于其他民族的特殊习俗（当然哈萨克民族也有这种习惯，怎么说他们都是同根民族），那就是祈福的习俗。这大概来自古萨满教，源于对天空（宇宙）、亡灵、伟大的精神，以及宇宙力量的崇拜和敬仰。它相信人体离不开宇宙力量的影响，认为只要众盼诚祈，定能心想事成。除了当时的人们不懂科学技术、过于依赖神秘莫测的大自然之外，也许还真有某种不解之谜……

如今，不论是客人远道而来或是远征将要启程，从孩子降生、结婚到其他庆典，做任何事之前，首先念诵巴塔（祈福）已成习俗。巴塔（祈福）是由在座最年长的长老或者尊贵的客人，摊开双手、掌心朝上，将自己最美好的祝愿赋予在座的各位，并代表大家向真主安拉，向老天、伟大的神灵及过世的先祖亡灵祈求保佑，祝大家团结一致、共渡难关，最终过上平安繁荣的幸福生活；然后用掌心摩面，口念"奥闵！"以祈福。身旁的人也和他一起祈祷，来完成整个祈福的过程。通过这种方式，祈祷每一件事善始善终。

根据事情的起因、祈求的难易以及参与人员的不同，可以将祈福分为很多种。祈福的言辞出自祈福者之口，因其智慧、才华的高低深浅而异，目的只有一个：虔诚地祈祷。祈福要求准确无误，没有固定的台词。比如，在全国全民祭奠或集会上的祈福要说：

愿人民安康！

愿壮士常青！

愿英雄常在！

愿君主唯一！

愿君王双鹰收起！

愿臣民团结统一！

愿我们粮食富足！

愿青年健康长寿！

愿人们免遭不幸！

愿人们免遭污蔑！

愿人民安宁！

愿王座安稳！

愿幸福降临在座的各位！

愿各位珍惜团结统一！

愿吉祥降临！

愿人间太平！

愿神明保佑！

"奥闵！"——如此这般祈求神灵。由一个人向苍天祈祷，祝福人民和国家，通过这种方式鞭策和教育自己的人民，这是何等广博的祈祷和祝愿！在这个祈福中，告诫国民，群龙要有首；只有团结一致，才能过上安康富足的生活；渴望远离天灾人祸，渴望国泰民安；愿君主以民为重，珍惜才干；最后愿"柯德尔神"（代表伟大思想、美好事物和富足智慧的神）庇佑在座的各位。他虔诚的祈辞也感染着参与祈福的民众，呼唤良知和谦卑，祈祷人民团结、和睦，祈祷大自然和国家政权不会遭到破坏，人民的个体特性得到保护和尊重。民间深信"祈福非常圣洁，是可以沐浴的无穷的力量"。因为巴塔源于生活，世代相传，从古至今呼唤吉尔吉斯（柯尔克孜）人民忍辱负重，团结统一，齐心向上。是巴塔让人民繁衍至今，不至于灭亡，因为巴塔的根本乃是民族的精神所在。

祈福老人

　　吉尔吉斯（柯尔克孜）人民非常注重长者赋予晚辈的巴塔。通常是晚辈向长者请求赋予巴塔，目的是通过祈福实现长久以来难以实现的夙愿——诚心祈求巴塔，以助通关。其根本是通过授予来者巴塔，让被授予者明确自己的目标，从精神层面坚信自己的信念。当然，祈辞是有神性的，而祈福者本身也非凡俗之辈，他们多德高望重，祈辞出于他们之口如咒符附体，富有神力。用现在的知识来解释，可以说是具有精神疗效的。

　　我们此次旅行中所去过的城镇、朋友家中，几乎大部分柯尔克孜族人还都有祈福的传统。这使我们感到非常高兴，因为他们仍然没有忘记这古老的传统，依然保留着它们，这是我们民族不可丢弃的灵魂。令我们感到高兴的还有，在吉尔吉斯斯坦的祈福和在中国的祈福几乎没有什么区别，其主要的意义和形式都被保留了下来。当主人请求远道而来的我们祈福时，我们也是尽自己所能给予了最诚挚的祝福。一方面，作为客人，给予祈福是我们的荣幸；另一方面，祝福他们，代表了我们对于他们的敬重和爱戴。信念是很重要的，人们相信在祈福之后，任何不悦之事都可以化解。有时候我们甚至自己给自己祈福！当然这样的情况并不多见。

　　在阿图什市与克孜勒苏柯尔克孜出版社编辑会面结束时，我们一起拍了照。告别之后阿依肯告诉我，她有一个30多岁的弟弟还没有结婚，以至于老父母有些担心，想请我以长者的身份去他家给他祈福（说实在的，我有些受宠若惊，羞愧难当），他家就在附近。对于这位促成我中国之行的女子，哪里还有推辞之说？他们家确实很近，就在出版社后院里面。我们很快走进了一栋整洁、宽敞、舒适而又现代化的房子。

迎接我们的是个瘦高、白净的英俊小伙，一脸的忠厚，举止优雅。我们进入屋子，坐在摆着丰盛茶点的餐桌旁，寒暄了一会儿。他叫加力肯，这说明他父母根据柯尔克孜族的习俗，给儿子起了满怀期望的名字。他们将房子留给儿子，自己则退休到乡下过日子去了。他受过高等教育，有一份很好的工作，一直单身，说明他还没有找到般配的另一半。

喝茶的时候，我和他聊着一路上的见闻，同时留神房间里的设施，可以感到没有女主人的缺憾。加力肯自己给我们端茶，这让我浑身上下不自在。他姐姐慌忙夺过他手里的茶壶，自己来倒。按我们民族的习惯，厨房是属于女人的天地。家里有女人端茶做饭，男人脸上也光荣啊。当然，前提是他能遇上他真心相爱的另一半。谜一般的命运啊！其实两个人能走到一起，也是很神秘的事情。也许意中人就在身边，你却踏破铁鞋无觅处……尽管如此，我仍旧以长者的身份，郑重其事地说："你的房子确实不错，什么都有，如果添一个白头巾的漂亮媳妇，那你这房子简直就是一个皇宫了。再有玩耍的孩儿，满屋的欢笑，那该有多好！30多岁了，该结婚了。好好想想，快拿主意！尽快结婚，让你父母开怀，兄弟姐妹高兴。"如此这般，我开导起他来：

愿你屋顶高耸！

愿你生活阳光！

愿人民与你同在！

愿大家幸福安康！

愿福气光顾你的房舍，我的兄弟！

愿白头巾早日落入你的眼帘！

在我下次到来之前，

愿你洁白的庭院喜庆无边。

"奥闵！"——我衷心地给予他简短的祈福。

……

我们离开时，按照柯尔克孜传统，加力肯也出来与我们告别，并对我的祈福表示衷心的感谢！他略微颤抖的话音，让我深感到他内心的波动。

离开加力肯家大概有两个小时，在去阿合奇伟大的玛纳斯奇居素甫·玛玛依家的路上，阿依肯的手机突然响了。"啊？是真的么？刚才你怎么没有说？"她惊讶道。好半天她才放下电话。

阿依肯高兴地对我说：

"大哥，您的祈祷成为了现实。我弟弟说他6月份就要结婚，让我们准备婚事。他居然说他有一个在谈的姑娘！"我也乐坏了！为自己感到惊讶。原来我的祈福也能实现，一个人的幸福，会因为我而芝麻开门！其实，应该是他没有足够的勇气告诉家人，而我的那番话，肯定是给了他前进的勇气。抑或是，真的像先知们所说，发自内心的祈福，确实具有伟大而神秘的力量？

15年前，我母亲曾告诫我："孩子，你可是了不起的先知的后代，你的爷爷奶奶、外公外婆都有超凡的预知先觉的本领。你一定要常给人吉祥的祈福，肯定会实现的。不要恨什么人，那仇恨之毒会伤人害命。你遗传了两边宗族的能量。"这番话依然在耳畔回荡……这难道是真的么？

两个月后，当我听说加力肯真的和一个老乌恰的姑娘结婚的消息时，似乎开始相信祈福真有神奇的力量……

勤奋的长老

不论是在乌鲁木齐、特克斯，还是更远的阔库铁列克和夏特，或是喀什、阿图什、老乌恰，每到一个地方，跟当地人谈起文化、文学时，都能听到他们恭敬地提起一位名叫吐尔逊米尔扎的前辈，反复听到他为中国柯尔克孜族的文化及新闻出版工作所作的贡献。当然也提到了其他人，但不知为什么他的名字却印在我的脑海里。我满心想和他见面并交换意见。这个愿望也偶然得以实现。从伟大的玛纳斯奇的故乡阿合奇县去往阿图什的路上，阿依肯说："我建议，我们顺便看一下我的父母，时间足够。我爸爸听说要来个吉尔吉斯作家，也想和您见面聊聊呢。"我欣然同意。和为新中国的建设立下汗马功劳的人相识、交流，并写下他们的事迹，正是我此行的目的之一。

我们从去往阿图什的山间柏油路向右拐，灰蒙蒙的天地之间的石子路将我们带到一座小巧的村落前。车没有开多远，就停在路边的一个院子前。从院子里走出一位中等个头、和蔼可亲的清瘦老人迎接我们，紧跟在他后面的是一位瘦小的老妇人。他们正是我们要见的阿依肯的父母。

我们寒暄过后，走进快要完工的新房子。女主人在餐桌上摆满了吃喝，客气地要我们品尝。

陶醉在盛情款待之余，颇有些纳闷：七十有余的两位老人，在这不适合

院落小鸟

生存的荒郊野外盖房子，怎么盖？为什么要盖？他们需要这些吗？……团团疑云充斥了脑海。喝茶的功夫，老人对我的询问一一作答："我将自己的一辈子都衷心地献给了自己国家和民族的教育、新闻、文化事业。现在上年纪了，想给自己的后代们留下点什么。所以买下这3公顷土地，欲让荒野披绿，作为我给孩子们的礼物。"这是怎么样的情怀！需要多少勇气、意志和金钱！这可不是常人能做到的！只有伟大聪慧的人，才会有这样高远的志向，不为一己的安危着想，考虑到的是自己的后代，乃至整个民族的命运。如果是常人，只会为自己所作的些许贡献沾沾自喜，高枕无忧地尽享余生。

当我想了解为什么人们如此热爱、如此敬重这位在荒野里耕耘的老人，特地翻开《新疆柯尔克孜族文学》纪念杂志时，这样的字眼跳入我的眼帘："吐尔逊米尔扎，1939年生于新疆阿图什哈拉峻乡，毕业于喀什师范学校（今天的喀什大学），18岁就开始了自己的文学创作生涯，毕业后在当时的克州柯族中学任教，后来调到报社，开始了自己一生的新闻、文化、教育事业。"这简短的字句，概括了老人超过半个世纪献身中国柯尔克孜族新闻、出版、文化、教育事业的光辉业绩。他向上百个新闻出版工作者传授自己的经验，用自己的文学创作慰藉了成千上万读者的灵魂。从新疆各个角落听到的温暖的赞语和在各地区所读到的文学刊物，正是对老人业绩的证明！

这位年过75岁的不服老的老人和蔼可亲地将我迎进家门，送上热茶，问寒问暖。他并给予我们长者的教诲之后，我不禁问道："在如此艰难的自然环境下，将几公顷地种起来，难啊！都这把年纪了，休息休息不好吗？身体和经济情况能允许吗？"静静地听完我的问话，他自信地答道："没有人克服不了的困难。所谓难，是懒汉的借口。父母为儿女的幸福而努力是天职。至于经济状况嘛，我和老伴儿攒下来的积蓄够用，不够的话儿女会帮忙，再不够，国家会给贷款的。这样，我们终会实现我们的愿望。"

这说明老人相信自己身边的老伴儿，也相信自己的儿女，更相信自己的国家，相信党和政府的支持。对一个人来说，还有什么比这个更重要的？！相信自己身边的亲人，相信如果自己无法解决困难，会有国家毫无疑虑地提供强有力的支持，这难道不是人间最大的幸福？！吐尔逊大伯正是这样一位朴实而伟大、勤劳而勇敢、无限信任自己国家的了不起的长者。幸福与您同在！愿您健康长寿！愿您梦想成真！我心怀着无限感恩和无上崇敬离开了老人，踏上了我的行程。

他父亲的好儿子
——努尔开勒地·吐尔干

　　不论在哪里，不论年龄大小，不论国家干部还是普通百姓，当我们和他们聊起来的时候，大家总要恭敬地提起吐尔干巴依·禾加巴依为自己的人民和故乡所做的贡献。即使人早已不在，世人也不能忘记他们的功劳。这位著名人士，就是我们身边的努尔开勒地的父亲。我当然开始对他所走过的路、他的生平感起兴趣来。吐尔干巴依长老1912年生于乌恰县铁列克乡一个贵族后裔之家，是冲巴噶什部落阔库－塔科亚氏族的酋长。他父亲阔卓木巴依·托克托巴依是著名将军伊斯哈克伯克·穆努诺夫的姐夫。兵荒马乱的时候，伊斯哈克伯克曾亲自骑马到铁列克，劝说姐夫随身带上能带的足够的财物，在安定之前，先到印度或巴基斯坦避避风。听到这话的他告诉小舅子："听从真主的安排吧！我就留在自己的故乡与我的人民在一起吧！"不到一年，盛世才派人杀害了他和他的长子穆苏如阿里。至今铁列克的老人们还没有忘记被那个黑暗的年代吞没的长老们。只有有血性的人，才会做出将自己的命运和自己的人民紧密相联的决定……

　　吐尔干巴依那时候在苏联塔什干的中亚细亚大学上学。他当时和后来成为维吾尔族杰出政治活动家的诗人、作家赛福鼎·艾则孜（1915—2003），著名作家、现代中国柯尔克孜族语言文学奠基人阿不都卡德尔·托合塔诺夫（1916—2002）等人一起就读，成为那个时代中国新疆的领军人物。他从大学毕业后，在喀什柯尔克孜族文化促进会工作，1942年任乌恰县公安局局长，

微笑永驻

1952 年任党委委员和代理县长，1954 年参加克孜勒苏柯尔克孜族自治州成立筹备工作，1956 年任自治州柯尔克孜族中学校长，1959 年任师范校长，三年后任克州一中校长，1974 年任自治州政协专职常委，1986 年退休，1993 年因病去世。命运带走了他们的生命，但他们的业绩永恒！吉尔吉斯有句俗话："流过水的河床里会出水。"吐尔干巴依长老生前有五个儿子、两个女儿。小儿子努尔开勒地·吐尔干生于阿图什市，中学毕业后，在乌鲁木齐建材技校就读，毕业后先后在乌恰县电视台和吐尔尕特口岸管委会电视台工作，1993 年父亲去世之后，与家人前往吉尔吉斯留学、生活。最让我感动的是他正派的为人和祖辈留下来的血气方刚的品性，他的大度让我感到他不愧是他父亲的好儿子！……

可惜！就在写这本书的时候，我听到努尔开勒地 2013 年 6 月 27 日离开人世的噩耗，又一次让我痛感人生的虚无和短暂……遗憾！

胜似亲人的大学同学

我们的新疆之行就要结束了。离回程还差两三天，我们花了一些时间转了一下乌鲁木齐。阿依肯的大学同学打电话要请我们吃饭。阿依肯的同学们都是什么样的人，在哪里工作，她们的生活和人生观怎样，对我来讲都是很有趣的。我当然很乐意前往。5月初的一天，我们来到乌鲁木齐的一个豪华的维吾尔族餐厅做客。迎接我们的是一张张灿烂明亮的笑脸和她们的热情和尊敬……她们动人的声音和迷人的仪容真是一个赛一个。即便是不同的民族，也好像是一家姐妹般团结。

老同学见面分外亲切，大家七嘴八舌地回忆大学时代难忘的热闹情节，嘻嘻哈哈的，好像回到了曾经的青葱岁月。她们并没有忘记照顾我这位客人，时不时要给我介绍介绍。

面孔白皙、身材中上的欧云格尔，是一位古代蒙古王公的后裔。她典雅、庄重，一举一动难掩身世的高贵。她慢条斯理，冷静对待周围的一切，看得出她对所有在座的人都很关心。她在新疆培训中心工作，是那里的语言培训室主任、英语副教授。

她身边一位像鲜花般娇嫩白净的姑娘叫玛依努尔，而那位爱开玩笑、心直口快的爽朗的姑娘叫迪丽努尔。她们两个看上去是典型的维吾尔族姑娘，恪守传统的穆斯林的操行。玛依努尔在新疆科信学院当英语老师，而迪丽努尔则是新疆师大的英语副教授。

这位笑看身边同学的高个儿姑娘名叫德丽那尔，可是一颗靓丽的黑珍珠。她是新疆发改委的一名干部。

这位坐在我们斜对面的漂亮姑娘叫玛尔哈巴，是新疆大学的英语副教授，而她身边的调皮的马迪娜是中石油新疆培训中心国际合作培训室的俄语副教授。

我很钦佩这几位同学，不论民族，不论职位高低，相互尊敬，开心畅谈。她们相互祝愿，开玩笑逗乐，甚至用她们自己民族的语言唱起歌来。一样的平易近人，没有任何做作和虚假，更看不到摆架子或自夸。坐在她们身边、和她们交谈乃是人生难得的享受。她们是深深理解这短暂人生的智慧学者的代表，是懂得做人根本的了不起的姑娘。

如果每个人都像她们一样聪明向上，这个国家肯定会前途无量！

中医药

自古以来，吉尔吉斯民间很羡慕也很崇尚能治愈百病的"中国草药"，对其有着不同寻常的浓厚兴趣。

1991年吉尔吉斯斯坦刚独立的时候，苏尔丹·拉耶夫（现任文化部部长）创办了当时最受欢迎的私立自由报纸之一、社会政治类报纸《吉尔吉斯汝呼报》（《吉尔吉斯灵魂报》），请我做他的副手，我有缘与他共事。当时我们为了改善报社的财政状况，将阿·卡拉萨尔托夫从汉语翻译过来的《藏医》作为专题连载，引起了读者的极大关注。后来，我自己也开始对中国按摩和针灸治疗感兴趣，并深入了解相关知识，至今依旧对中医兴趣浓烈，而且深信不疑。

中国之行的最后几天，由于长途跋涉期间气候的巨变以及上下汽车换气等原因，我的慢性支气管炎又犯了，难受得不得了。在比什凯克的一次谈话中，我曾不经意间提到过我的病，当时阿依肯答应给我找些中药。没过多久，阿依肯实现了她的诺言。

在乌鲁木齐市中心，有家"国珍松花粉"专卖店，其总部在北京。店里售卖近百种名目繁多的健康食品。专卖店经理、柯尔克孜族姑娘阿买提·果亚详细地向我们介绍了原料采自浙江千湖岛、在山东烟台的生产基地用纯天然无污染的松花粉破壁提炼而成的"国珍松花粉"。这种健康产品有片剂，有液体，还有用来涂抹的油脂等。

名为"国珍"，说明这种保健品的原料不是随处可得，而是在国内特殊区域采集的马尾松和油松花粉中提炼出来的；又因为这种松树只在中国生长，因此得名。松花花穗的采集是在特定的季节里短短几天内进行的，而且根据植被海拔高低和所处纬度的不同，采集期也有所不同。采集后，要小心地将花穗平铺在阳光充足、自然通风排湿好的塑料薄膜上晾晒三天，以使松花粉散落。据说松花粉加上其它草本植物而生产出来的稠稠的红色饮料对心脏、神经、骨髓等的各种疾病都有疗效。有180种"国珍松花粉"系列保健品在中国销售，而且这些产品已远销俄罗斯、土耳其、哈萨克斯坦等国家，广受欢迎。目前公司正打算开辟吉尔吉斯斯坦市场。

离开公司时，果亚送了我一瓶"松花酒"，我按照说明要求的剂量喝了一点。第二天我的哮喘荡然无存，顿感肺部滋润，而且温暖舒适。一周过去，我连自己的病都忘了。挺神的！

令我震撼的是中国对民间医药所给予的高度重视。中医药自古盛名远播，一直都有特别的监管机构发放经营许可。这种政策是英明的，杜绝了那些坑蒙拐骗的江湖骗子。而在其他国家（包括我们国家），基本上是抑制民间医术的，也不关心其科学依据，这岂不是"自我扼杀"？

我在果亚的"药房"整个转了一圈，逐一了解台上各种名贵的药品，哪种药对什么疾病有疗效，以及药的成分、保质期、价格等相关信息，以便回去告诉比什凯克的亲朋好友。我由衷地敬佩眼前的异国同胞妹子，并诚恳地邀请她一定去吉尔吉斯开办她的分公司。像我一样的客户，在吉尔吉斯还真的不少。她说她也有这样的想法，保证跟领导商量，在不久的将来去比什凯克开分店。

事实又一次证明："柯尔克孜族的姑娘了不起！"这句话不是白说的。柯尔克孜族姑娘甚至涉足"国珍松花粉"这样的保健品生产销售领域，怎能不让我叹为观止！

旅行后的思考

　　新疆的历史非常悠久，这里风景优美、人民善良，让人难以忘怀。在一个月的时间里，我们只去了几个地方，每天基本上都要在路上颠簸，但一路上总是很兴奋……中国是世界上继俄罗斯、加拿大之后领土最大的国家，任何人都应该来看看这里的人、游览一下这里的地方。这里有北京、上海、香港等大型都市，有神秘莫测的"世界屋脊"西藏，游历过新疆之后，更是让人对它痴迷……

　　现在，不得不说说我的一些想法。我为此次旅行而感到自豪……我不知道此次旅行的后续会是怎样，可能会在"玛纳斯回声"电视节目中播出，也可能会编入《古代吉尔吉斯斯坦》一书中……在前往玛纳斯县时，我还去看了穆兹布尔恰克之墓，想要去澄清那段历史："后奥斯曼国""古老帝国""红色国家"……曾闻名世界的古老汗国、高层宝塔、神秘的修道院、山地奇景……我想要去查阅保存有吉尔吉斯民族历史的文献、重要资料，并将这些告诉全世界。

　　对我而言，中国还是有些许神秘色彩吸引着我……现在只是看到了它的冰山一角……还有许多奇迹有待探索！

旅行后的思考

新疆的神秘在召唤……

这样的风景、这样的人民、这样的历史……用"看得见的如梦一般，看不见的也如梦一般"这句话来形容新疆是最合适不过的。你无法将一切尽收眼底，但即使那些看不到的也都如梦幻一般美丽。在新疆可以看到白雪覆盖的连绵山峰、低于海平面的盆地、中国最大的戈壁、塔克拉玛干沙漠、数十个湖泊、数百条河流、绿色的牧场……亚洲中心就位于乌鲁木齐以东 30 多公里处。最热的地方位于吐鲁番盆地的火焰山（82.3℃），最冷的地方位于阿勒泰地区富蕴县（-51℃）。这里的动植物种类也非常繁多，在众多保护区中生活着 91 类濒危物种……还有 59 类珍贵植物。为吸引世界各地的旅行者前来参观，这里还经常举行旅游节等活动。

"丝绸之路"的各条分支在新疆的总长度约 5000 公里，在这条道路上有古代城市的废墟、千佛洞、墓葬群、石器时代的壁画等等。两年前，新疆有 468 处旅游景区，其中 200 多处是具有民族风情的，在这些景区中总是充满着民族节日的氛围。如果你想认识一个亚洲民族，那就去参加他们的节日吧！

新疆有许多未解之谜，其中一个是野生马。1985 年时，这些马大概还有 6000 多匹，现在不知道还有多少。他们在蒙古边境的准格尔地区消失了。有可能是马走丢了，也有可能是人们故意隐瞒。后来进行了搜查，却只找到一些白骨和皮毛。

新疆还有神秘的红鱼。1985 年，一群大学生在海拔 1370 米高的阿勒泰喀纳斯湖中寻找红鱼，在返回时出现意外。

他们在这样的高度能到哪里去？他们是否还活着？这其中有很多问题。最神奇的是，大的红鱼约有 70 公斤重，其脊部和尾部为红色，有3到7米长。科研人员表示，最大的近10米长。这到底是什么东西，真相又是什么？还有待揭开。

西汉时期的罗布泊地区有一座城市叫做楼兰。在"丝绸之路"大繁荣时期，这座城市也得到了发展。但是在4世纪的时候，这座城市就完全消失了，后来在沙土之下发现了20平方公里的遗址。令人惊讶的是这座城市的人们连食物都没来得及带就匆匆离开了。它是否受到了类似沙暴一样的灾难的侵袭，或者是逃避敌人，无法得知。对于这座古城的研究目前仍未取得较大成果。

博尔塔拉蒙古自治州阿尔卡特镇的石人堆也非常神秘。这些坚固的石人堆是为谁而建、又是什么时候建的，都不得而知。这些石人非常漂亮，眼睛很大，腰上带着工具，右手拿着圆形的器具，左手拿刀，脚上还有皮靴。至今也无法确定他们存在了多久。他们到底是谁，做什么的？这是哪种文化的表现？这些依然都存在疑问。

1987年至1988年间在天山西南部的呼图壁县发现了大型岩画。这幅岩画长约14米，宽约9米，总面积约120平方米，被刻在10米高的地方。在这片岩壁上有300多个大大小小的人物、动物。画面上的这些人物是谁？是什么时期刻画的？这些人如何生活的？这些画要表现什么？

楼兰美女干尸也非常吸引研究人员。据说，其美丽的面容、直挺的鼻梁、金色的头发都被很好地保存了下来。她脚上穿着靴子，头上戴着帽子，上面还绣着两只鹰。她大约死于3800年前。她是谁？是什么民族？为何保存得如此完好？

应该说新疆还有很多趣闻：中国最大、世界第三大太空陨石也在新疆。其长242厘米，宽185厘米，重约30吨。

它是什么时候坠落的？又与哪颗行星相关？无从知晓。

新疆还有一个面积为 20 公顷的保护区内生长着 7000 万年前的植物……

无论再怎么说，新疆的趣闻也说不完。古代的、现代的东西都在吸引着你。这里适合旅行者游览，也适合研究人员进行研究。如果你不来亲眼看看这些美景，那你就完全无法对它作出评判……

尾声

　　本书的创作过程中也面临过很多困难，需要仔细思考它的风格、体裁……特别是它的写作宗旨和写作方向。如何疏理本书的创作思路，如何才能充分描绘丰富多彩的新疆历史？然而，这简直是难以实现的！我们本打算记录下在旅途中一切所见所闻，包括新疆的美丽富饶、多民族的共同生活、令人称奇的自然风貌。但最终我们并没有这样做，因为这样的思路会减少读者对中国人民的关注和兴趣。在这里（新疆），有很多年轻人都对吉尔吉斯斯坦充满好奇，但由于距离遥远，他们无法亲身感受到我们的生活。因此，我们选取了一些能够吸引两国人民共同兴趣的地方，包括城市、市场、生活、风俗、文化、人文特色等。有很多东西是无法用语言文字来准确记述的。我们去了很多城市、村庄，也走访了许多人，领略到了大自然的美丽。这些都是真实的，没有一点虚假。但是，如今这样平静的生活从何而来，又将走向何方？为了今天的平静与美好，人们走过了怎样艰难的历史征程，经历过哪些磨难，又曾度过哪些幸福时光？如何才能走向繁荣富强？每个中国人、吉尔吉斯人都应该认真思考这个问题，因为无法回答出上述问题，也就无法理解今天我们的幸福生活。同时，我们不仅要了解今天的美好生活，而且还要去体会、感受、孕育和保护这种幸福。如若背道而行，我们将给自己的子孙后代留下什么呢？这样丰富多彩的时代已经到来，因为它就在我们的眼前。

　　在这本书中记录了一些历史年代、历史事件以及与历史传闻相关的人物、活动及文学作品等内容。忘记历史就无法从中学到生活的经验——对于历史中所犯下的错误，我们要努力去改正。

中吉两国人民互为友邻，相互尊重，相互平等。我们应该保护悠久的历史，了解古老的民族精神。为什么在艰难的岁月里，两国的领导人总能团结一致，共同迎接挑战，并且最终战胜困难？在这本书中也列举了相关事例。我们还记叙了两国人民在文化、传统方面的相似之处。"远亲不如近邻"说明中吉两国要更加团结……古老的民族智慧并没有消失，它仍然陪伴着我们。本书涉及了古今历史、艰苦岁月、民族史诗、重大事件以及我们的当代生活，还有我们认识的许多历史学家、哲学家、文学家、科学家、政治家、旅行家等等……这本书中记录了很多东西。只有触及他们，我们才能有所发现。我们还将继续研究历史材料和文献，寻找新的信息并向大众公开。任何有智慧的人都可以从文字中提取知识。我们有必要推出一部文集，让每个人都得到知识的力量。至此，我想要说的话就说完了。

鸣 谢

　　我们必须要表达感谢，感谢那些在组织此次新疆之行以及为本书收集资料的过程中，向我们提供了宝贵帮助的人们。

　　首先要提到的是此次计划的组织者、北京五洲传播出版社的黄静女士。她专程从北京飞来乌鲁木齐，妥善规划我们的行程，努力协调地方政府安排车辆，精简非必要程序等等，我们要对她表示特别的感谢。

　　我们到达乌鲁木齐的第一天晚上，自治区新闻办的工作人员前来迎接，宴请了我们并安排集体照相。我们在新疆受到了热情的款待，还有其他很多人为我们的工作提供了帮助。

　　此次行程中有许许多多的困难，但是为了我们两国的友好，我们克服了各种各样的困难。我们彼此尊敬，相互促进，并对未来充满信心。在此要向新疆新闻办的荣雪吟、伊犁地区新闻办的副主任、阿图什市的维吾尔族领导、克孜勒苏州的领导表示诚挚的感谢。没有他们的帮助，有很多事情都不能及时完成。我们对此次新疆之行中所有帮助过我们的人再次表示诚挚的感谢！最后要说一点：在同他们相识、相逢的过程中，以及在亲身感受了他们的工作状况之后，我们看到的是新疆各族人民和社会阶层的平等、和睦和安定，没有看到一个民族高于其他民族的政治不平等现象。

　　我们热爱美丽的新疆。
　　再见了，新疆！